孔雀宮のロマンス

ヴァイオレット・ウィンズピア
安引まゆみ 訳

ハーレクイン
SP文庫

PALACE OF THE PEACOCKS

by Violet Winspear

Published by Harlequin Japan,
a Division of K.K. HarperCollins Japan, 2024

ヴァイオレット・ウィンズピア

ロマンスの草創期に活躍した英国人作家。第二次大戦中、14歳の頃から労働を強いられ、苦しい生活の中で“現実が厳しければ厳しいほど人は美しい夢を見る”という確信を得て、ロマンス小説を書き始める。32歳で作家デビューを果たし、30余年の作家人生で約70作を上梓。生涯独身を通し、1989年に永眠するも、ロマンスの王道を貫く作風が今も読者に支持されている。

◆主要登場人物

テンプル・レイン……………図書館司書。
ニック・ホーラム……………テンプルの元恋人。
メイ、ランジ…………………テンプルの世話係。
リック・ファン・ヘルデン……島の宮殿に住む高官。
マルタ……………………………リックの婚約者。故人。
アラン・キンレイド……………医者。
チャイ……………………………島の王子。

1

汽船は予約で満員だった。船会社の係員の話では、船室のひとつにベッドの空きがないことはないが、なにしろ、ファン・ヘルデン様とおっしゃる男のかたですから、とのこと。

「わたし、どうしても、今日の船で島を出たいんです。船がルムバヤに戻ってくるのは、ひと月もあとのことでしょう?」

係員は微笑をうかべて、肩をすくめてみせる。テンプルには、それ以上何も言われなくても、相手の言いたいことがわかった。男性ならファン・ヘルデン氏に頼みこんで相部屋になることもできるが、女性ではどうにも手の打ちようがないというのだろう。テンプルはスーツケースを手に、重い足どりでホテルに帰った。

小さな、かなりくたびれたホテルだった。ここに来て、もうひと月にもなる。ひと月——正確には二十八日間。この短い期間に、テンプルは幻滅の痛みと、夢から閉めだされた悲しみを、いやというほど味わったのだった。

うらぶれたラウンジに入る。植木鉢のしゅろにつもったちり。天井でものうげに回っている扇風機。テンプルは冷たいパイナップル・ジュースをすする。心は、いつのまにか、あの出会いのことを思いうかべていた。結婚するために、はるばるルムバヤまでやってきて、五年ぶりに再会した男とのことを。

いまでも、ニックの変わりようは納得できない。イギリスにいたときは、あんなに陽気で、魅力あふれる青年だったのに。野心満々で、前途洋々の青年だったはずなのに。

ぼくが出張所長になりしだい、こっちに来てウェディング・ベルを鳴らさないか？　会社も、社員が結婚して落ち着くのは大歓迎だしね。それに、熱帯は、ぜったいきみの気に入るよ。何もかも、きみのロマンチックな想像力にアピールすることは、まちがいなしさ……。

手紙の一節は、いまでもそらんじている。この長い五年の月日を、テンプルはただ、熱帯の太陽とあおぎりの下でニックと再会するために、働き続け、お金を貯め続けてきたというのに。アルフォードの町で、マイラ伯母さんの家においてもらったのも、少しでも多く貯金をするためだった。伯母さんの小言に耐え、従姉妹《いとこ》たちの優雅な暮らしを横目で見ながら、じっと我慢してきたあげくが、この始末だった。

むなしい……。

ニックから逃げだすしかない、とテンプルは思う。が、二度とふたたびアルフォードに帰るつもりはなかった。ルムバヤでのニックとの生活を夢みていたからこそ、みじめな孤児あつかいにも耐えられたのに、いまはその夢さえ、はかなく消えてしまったのだから――バス停で雨宿りしたとき、はじめて会った、あのニックとは、まったくの別人としか思えない。

昼は太陽の光にあふれ、夜は魅惑に満ちているこの島での生活も、たしかに、妻のいない男にとってはさびしいものにちがいない。社宅のバンガローのベランダで、日暮れに傾ける一杯の酒が、いつのまにか二杯にもなろう。あおぎりの陰から、娘が姿を現す。優雅で、目尻のあがった、従順な娘だ。男が誘い、娘がベランダの階段をのぼる。ほっそりして、口数が少なく、髪には花を飾って。

ニックのバンガローに入ったとたん、竹を編んだ長椅子にまるくなってマンゴーを食べている、ほっそりとした褐色《かっしょく》の娘を見たときのショックを、テンプルはけっして忘れることができなかった。途方にくれて、ここはトゥアーン・ミスター《ミスター》・ホーラムのお宅なの、とたずねるテンプルを、その娘は謎《なぞ》めいた目で見つめて言った。

「ニック、出かけた。ボスとけんかしてる。仕事、なくすかもしれない……」

娘は声をたてて笑い、ふいに口をつぐむ。ふりかえると、ニック・ホーラムが部屋に戻ったところだった。

「出ていけ……さあ、出ていけよ！」

ニックは娘をどなりつけると、肩をすくめ、じっとテンプルを見つめる。腰布《サロン》姿の娘は、たちまちやしとあおぎりの木立に消える。

「なぜ、きみは、こんなところに？」

「あなたが、来てほしいと思ってる、そう信じてたものだから……」

ニックは、ここにいてくれ、と嘆願した。ぼくは変わってみせるとも約束してくれた。テンプルはホテルに部屋をとり、ニックが立ち直ることを信じようとつとめた。バンガローをすみずみまで掃除し、大きな材木会社の支配人にも会って、くびにする前に、もう少しようすを見ようという約束までとりつけた。事態は目に見えてよくなっていくように思えた——つい、昨日までは。

食事の支度をするつもりでバンガローに行ったテンプルは、またルアを見つけた。まっ赤な腰布に身を包んだ金褐色の娘は、ニックの腕のなかにいたのだった……。

テンプルはパイナップル・ジュースを飲みほす。船は二時間後にはバンパレンに向けて出航する。両手をひざの上で握りしめる。テンプルの右手の指輪だけが、薄暗いラウンジのなかで輝いていた。真珠のまわりにガーネットをちりばめた、母のかたみの婚約指輪である。いまとなっては、子どものとき亡くした両親をしのぶよすがとなる品は、これひとつだった。あのときは、まだ、チャールズ伯父さんも元気で、アルフォードでの日々も、それほどひどくはなかったのだけれど……。

思わずため息がもれる。伯母の家に帰ることはできなかった。従姉妹たちのあざけりの目。ただ、家と勤め先の図書館のあいだを往復するだけの、単調な地方都市の毎日。

いまはバンパレンだけが頼みの綱だった。ニックの会社の支配人の話では、バンパレンには大きな石油会社があって、イギリス人の秘書の口なら、いつでもあるということだから。テンプルはタイプも、手紙の口述筆記も、ファイルづくりもできたし、すでに、この熱帯地方の魅力のとりこにもなっていた。花々の香り。木立の深い緑。ぎらぎらと太陽の輝く空。ここに比べたら、二十三歳の今日まで暮らしたアルフォードの町など、ほとんど死んでいると言ってもいいくらいだ。

できるだけ早く、バンパレンに行きたい。でないと、また、ニックにつかまって、嘆願と空約束に負けてしまうかもしれない……。

テンプルは立ちあがった。スーツケースを手に、化粧室に入る。壁にはめこんだ大きな鏡に映る自分の姿を、じっと見つめる。まんなかから分けた、ショート・カットの黒髪。はしばみ色の瞳。首筋も体も、ほっそりと華奢《きゃしゃ》だ。脚もほっそりと長く、足首にも余分の肉はついていない。

やしの葉でできたバッグを開ける手が震えている。仕事のときにかける鼈甲《べっこう》ぶちの眼鏡をとりだす。眼鏡をかけると、長いまつ毛が隠れ、途方にくれた若い娘といった感じも薄れるような気がする。

心臓がどきどきしているのが自分でもわかる。ジャケットとスラックスに着替えれば……夕暮れも近いことだし……男の子といってもとおるかもしれない……。

指輪をぬいて小物入れにしまったとき、テンプルの心はきまっていた——男の子の服装をして、あの船にもぐりこもう。係員の話だと、二段ベッドの上段が空いているということだった。ただし、相部屋の相手は男性にかぎる、と。

絶望に駆りたてられるように、テンプルはスーツケースのふたを開ける。明るい色のスラックスと、二列に錨《いかり》のボタンが並ぶネイビー・ブルーのブレザーをとりだす。着替えには十分とかからなかった。オープン・カラーの白いシャツも、まあ、男物に見えないこともないだろう。

もう一度、テンプルは鏡に映った自分を見つめる。とても青白くて、とても神経質に見えるが、ボーイッシュであることだけはたしかだった。ピンクの口紅をふきとり、ティッシュで顔をごしごしやって化粧を落とす。そこで、また眼鏡をかけ、ちょっとしかめっつらをすると、思ったとおり、学者の卵に見える。

ええ。テンプル・レインといいます。バンパレンのスミカ石油会社に就職する予定です。

テンプルはバッグをスーツケースに押しこむ。とたんに、はっと息をのむ。もし、埠頭《ふとう》で荷物をチェックされたら！　もしスーツケースを開けられたら、女物の衣類が見つかってしまう。テンプルは唇をかんだ。ルムバヤには飛行場がない。とすれば、方法はふたつしかない——あとひと月、船が帰るまで待つか、港の税関を、荷物の検査を受けずに通りぬける可能性に賭《か》けるか。

ひと月前、船で来たときには、たしかに荷物を調べられたけれど、島を出ていく人の荷物はそれほどきびしくなかったみたいだ。なにしろ、役人はスマトラ沿岸の米作地帯に出かせぎにいく島民たちの整理にてんやわんやだったから。港は、包みと籠《かご》を手に、背中には赤ん坊までくくりつけている人たちでごったがえしていたんだもの。

テンプルはスーツケースに鍵をかけ、その鍵を、小物入れやパスポートやビザと共にポケットにしまいこむと、化粧室を出て、まっすぐ入口に向かう。とたんに、テンプルは足がすくんで、立ちどまってしまった。ドアを開けて入ってきたのは、ニック・ホーラムだった。

白のトロピカル・スーツを着て、ひげを剃《そ》り、髪もちゃんと撫《な》でつけてあった。ちょっと顔をしかめ、心ここにあらずといったようすで、大股にテンプルに歩みよる。あぶなくぶつかるところだった。

「失礼……」

ニックはテンプルの顔を見もしないで、カウンターに向かう。次の瞬間、テンプルは道路に飛びだしていた。ちょうど、昼寝《シエスタ》から覚めた人びとが道路にひしめいている時間だった。テンプルはニックから、そしてニックに負けそうな自分から、逃げだそうとしていた。

船会社の事務所に入って、テンプルはやっと立ちどまった。息がはずんでいる。係員がテンプルを見あげる。やせたジャワ人だったが、東洋人特有の目は、心のなかをのぞかせてくれない。

「何かご用ですか、お客さま?」

テンプルは激しく波打つ胸を抑えながら、ゆっくりカウンターに近づいていった。

波止場は、いつものとおり、出かせぎの島民でごったがえしていた。引き船や荷船の騒音が、何カ国語もの人声とまじり合い、押し合う人ごみをぬって進むのは、容易ではない。乗船タラップに向かうテンプルに、何度か荷物がぶつかる。

税関の役人は、テンプルのパスポートをちらと眺めただけで、スーツケースに手を伸ばす。テンプルは恐怖に凍りついた。が、そのとき、中国人の目いっぱいにふくらんだ籠がはじけて、税関の床いちめんに米をばらまいてしまう。役人はテンプルに早く行けと手まねで伝えて、その農民をどなりつける。

逆巻く波に渡したタラップをのぼって、テンプルはエグレ号に乗りこむ。煙突がもうもうと煙を吐き、船体は風雨にさらされて、かつての白鳥のような優雅な面影もなく、大波にぐらりとゆれた。

乗船デッキも、下の二等船客のデッキも、乗客であふれんばかりだ。手すりから身を乗りだして、波止場の身内に手をふる人たち。赤ん坊の泣き叫ぶ声。しっ、しっ、としかる東洋の母親たちの穏やかな声。全財産をまとめた包みの上にしゃがみこんで、むなしく中空を見つめている男たち。テンプルは、しばらくのあいだ、この異国情緒たっぷりの風景に見とれていた。

赤銅色の太陽が、またたくまに落ち、海面と波止場を深い紅に染める。タラップがあがった。エンジンの音が船をゆさぶりはじめる。やがて、ポンポンとはじけるような音がして、赤銅色の海をスクリューがかきまわす。

船は、すでに、波止場を離れた！

テンプルはデッキを見渡す。乗客はいくつものグループに分かれて座って、バナナの葉に包んだ米飯と魚で、夕食をとっていた。ほとんどの人が、甲板で夜を過ごすのだろう。

手すりにもたれているテンプルに、東洋人たちの視線が集まる。わずか一カ月の滞在では、黒い、神秘的な東洋人の目に見つめられることに慣れるのは、ちょっと無理だった。テンプルはスーツケースをもちあげ、船室に向かう。いよいよ、ファン・ヘルデン氏に、青年のふりをして自己紹介をするときがきた。

相手は青年だろうか、中年だろうか？　愛想がいいかしら？　船室に相客ができたことでいらだっているかしら？　無関心でいてくれれば、いちばん助かるんだけど。オランダ人で、とても地位のある人物らしい。英語を話せなければいいんだけど。

白く泡立つ航跡。舳《へ》先《さき》は高々としぶきをあげる。デッキの端まであとわずかのところで、テンプルはあぶなく転びそうになる。船が波の谷間に突っこんだせいだ。懸命に手すりにしがみつく。胃がむかつく。どうやら外海は荒れもようらしい。

テンプルは深く息を吸いこみ、船酔いになりませんように、と祈る。子どものころから、船には強くなかったのに……。

薄暗く狭い通路をぬけて、ファン・ヘルデン氏の船室に向かう。いちばん奥の突きあたりの部屋だ。ノックをする。返事がない。テンプルは船室に入って、ドアのそばのスイッチを押した。

この船にしては、かなり居心地のいい船室にはちがいないけれど、けっして大きくはなかった。二段ベッドの下段に革のスーツケースがほうりこんであるが、そのほかには、ファン・ヘルデン氏のいた形跡は残っていない……いや、香料入りの煙草の匂いが、かすかに漂っている。

テンプルは上段のベッドにのぼって、スーツケースを足もとにおいた。枕にもたれて両腕を頭のうしろに組み、天井を見つめて、必死に吐き気と闘う。船室がもちあがり、沈みこむ。テンプルは目をつぶった。

とつぜん、ニックにたいする憎しみがこみあげてくる。あの人さえいなかったら、こうして青年の変装をして、おんぼろの汽船でジャワ海のどこかを漂うなんてこともしなくてすんだのに。

いつのまにか眠っていたらしい。船室に明かりがともって、テンプルは目を開いた。ふたたび暗くなる。誰かが船室に来て、また出ていったのだろう。

ふたたび閃光《せんこう》がひらめく。船室の窓を稲妻が白く照らす。テンプルはおびえて座り直した。船は爆風圏に突っこんだらしい。波はいっそう高く、船室も蒸すように暑くなっている。

ひっきりなしに光る稲妻の明かりを頼りに、テンプルは二段ベッドの梯子《はしご》をおりて、濡《ぬ》れた船室の床に立つ。新鮮な空気が吸いたくて、必死の思いで通路をぬけ、デッキに出る鉄梯子をのぼる。デッキには、あちこちに乗客がかたまっていて、波が手すりをこえて甲板にしぶきをふりまくのを、おびえたように見守っていた。

テンプルは手すりにしがみつく。たちまち髪はしぶきに濡れ、波のしずくが背筋にまで流れこんだ。

眼鏡はベッドにおいてきたので、せわしなくまばたきをくりかえしながら、大波にもてあそばれる船のゆれに身をまかすしかない。デッキの厚板はうめき声をあげ、東洋人のおびえたように低い話し声や、時おりまじる子どもの泣き声を圧するように、エンジンの音がひときわ大きくきこえてくる。

デッキが押しあげられれば、テンプルも押しあげられる。デッキが沈めば、テンプルも沈みこむしかない。目も口も、顔じゅうが波のしぶきでずぶ濡れだった。いっそ、このまま、まるくなって死んでしまいたい、とテンプルは思う。海水に、みじめな涙がまじった。いままで、何度も孤独を味わったことはあった。誰ひとり頼る人もなかったから。けれども、このときほど強く、自分はひとりだと感じたこともなかった。

無情な波にゆさぶられて、船全体がきしんでいる。テンプルは、近づいてくる足音に気づかなかった。ぼんやりと人影がにじみ、すぐそばで深い声がきこえた。

「ニート・レッケル・マネティエ?」

何かたずねていることしかわからない。テンプルが目をあげたとき、稲妻が光り、その男の顔を照らしだす。きっと、昔は船乗りだったんだわ、とテンプルは心のなかで言う。海賊のように、あの『宝島』の海賊シルバーと同じに、片目にアイ・パッチをつけていたので。

「気分が悪いんだね?」こんどは、なまりのある英語でたずねる。「かなりの嵐だからな。船室におりたほうがいい」

「わたしは……ぼくはここにいたいんです」テンプルはあえぎながら言う。足もとがおぼつかなくて、はたして船室まで戻れるだろうか。心もとなかった。「わたし……ぼく、だいじょうぶですから」

「そうは思えんな」

テンプルは抱きかかえられるようにして、海水ですべりやすくなっているデッキを進む。

テンプルがよろめくと、その男はたくましい腕にテンプルを抱きあげて鉄梯子をおり、吹きつのる風のなかを、軽々とヘルデン氏の船室に運んでいく。男はドアを開け、肘《ひじ》で明かりをつける。明るい灰色の瞳。まっすぐ、二段ベッドに向かい、下段のベッドに寝かせる。

「ちがいます」

テンプルはかぼそい声で言った。「ぼくのベッドじゃありません」

「静かにしてなさい、おちびさん」

いまはただぐったりともの悲しく、テンプルには言い争う気力もなかった。目をまるくして、男がスーツケースを開け、銀の小びんをとりだすのを見つめるばかり。男は栓《せん》を開けて、むりやりブランデーをテンプルの口にふくませ、それから自分もひとくち飲んだ。

「そんなことしていいんですか?」テンプルは小さな声で言った。

「そんなことって?」

黒い三角のアイ・パッチと灰色の片目の組み合わせは、奇妙に心を騒がせる。太陽と風になめされた褐色の顔。

「勝手に、ヘルデン氏のブランデーを飲むなんて……」

男は灰色の目を細めてテンプルを観察していた。濡れて頭にはりついた髪を、枕の上の青ざめた顔を。とても背が高く、がっしりとした体格の男性だった。稲妻のせいで銀髪だと思っていたけれど、いま船室の明かりで見ると黄味を帯びた褐色の髪で、しぶきに濡れて広い額にかかっている。強い意志と決断力を思わせる高い鼻。何か、たぶん微笑が、灰色の目をかすめ、男は見たこともないお辞儀のしかたで頭をさげ、傲慢に言った。

「おん前に控えますのは、リック・ファン・ヘルデンです。ブランデーも、そのベッドも、わたくしのものです……きみが、相客になったという若いイギリス人だね？……おやおや、まぶたがさがってきたぞ。半分寝てるじゃないか。それじゃ、そのまま眠りたまえ」

「あなたが……あの……」

テンプルは、あとを続けようと、体を起こそうとする。が、大きな手がテンプルの肩をつかまえて、枕に押し戻した。

「あまり頑丈な若者とはいえんな」

ひやかすような微笑。テンプルはかすむ目で相手を見つめる。たくましく、恐ろしげな顔。アイ・パッチのせいで、なんだか悪漢めいた感じもする。この男がリック・ファン・ヘルデンで——この嵐の夜に船室を共にする相手なのだ。最後の気力をふりしぼって、テンプルは言いかえした。

「筋肉だけで男を判断するのはまちがいだと、ぼくは信じています」

相手は濃い眉をぐいとあげてみせる。ゆれる船室の床に腕組みをして突っ立ったままだ。最後に覚えていることは、相手が自分のブレザーを脱がせ、ベッドの蚊帳《かや》を整えてくれたことだった。次の瞬間には、すべてがぼやけ、テンプルは眠っていた……。

2

嵐は去り、朝日が静かにジャワ海を照らしている。船室の丸窓から差しこむ日の光に目を覚ましたテンプルは、ねむたげに伸びをし、まばたきをする――ふいに上半身を起こして蚊帳をはねのけ、きょとんとした目で船室を見まわす。エンジンの震動が伝わってくる。そうだわ。エグレ号に乗っているんだった。ルムバヤから、ジャワ海に散らばる島々に向けて。

シーツが肩からすべり落ちる。とたんにテンプルは肝《きも》をつぶして目をまるくした、なんということ！　翡翠《ひすい》色の男物の絹のパジャマを、このわたしが着ているなんて！　大きすぎる袖をいじっているうちに、昨日の夜、自分を船室まで連れてきてくれた男がいたことを思いだす。

あの男が濡れた服を脱がせてくれたにちがいない。――わたしを青年だと思って。テンプルは唇をかむ。頬が赤くなった。服を脱がせて、女だとわかったときには、さぞかしびっくりしたことだろう……。ちょうどそのとき、ドアをノックして、リック・ファン・ヘルデンが大股に入ってくる。テンプルは、目のやり場に困って壁ぎわに小さくなる。

「フウヘン・モルヘン《おはよう》。ぐっすり眠ったかい」

テンプルはこっくりとうなずき、相手の顔色を読もうとする。が、黒いアイ・パッチと明るい灰色の片目だけでは、どうにも見当がつかない。ファン・ヘルデンは、運んできた盆をテンプルのひざにおく。コーヒー・ポットとロールパンにバター、それにフルーツもついていた。

「軽い朝食がいるんじゃないかと思ってね、メイシェ」

「ありがとう」メイシェってどういう意味かしら？　テンプルはコーヒーを注《つ》ぎながら考える。「あなたは朝食はおすみですか？」

「一時間前にね」

ファン・ヘルデンはどっかと椅子に腰をおろして、コーヒーを飲むテンプルをじっと見つめる。

「ブロティエ《バン》も食べなさい。顔色がよくないよ、メイシェ、いや、お嬢さん」

「あの……きっと説明をお待ちだと思うんですが」

心臓が早鐘のように打っている。

「ああ、なぜきみが男の服装をしていたのか、うかがいたいね——きみの濡れた服をわたしが脱がせたことには気づいているね？　熱帯では、ほうっておくと、ひどいことになるんでね」

いきさつをあらましきいたファン・ヘルデンは、まじまじと自分のパジャマを着ているテンプルを見つめる。

「なんて世間知らずなんだ、きみは！　もっとも、そうでなきゃ、男に化けるなんてばかなことは思いつかないだろうがね——男から逃げようとしてたのかい？」

「ええ、どうしてもルムバヤから逃げださなきゃならなかったんです。あとひと月もいるなんてこと、とてもできませんでした……」

「よくわかったよ。さあ、食事をしたまえ」

テンプルは命令に従って、おとなしくパンにバターをぬる。マッチをする音がきこえ、香料入りの煙草の匂いが流れてきた。立ちあがって、丸窓に歩みよる足音。

「嵐のあとは絶好の日和になるぞ。それで、きみはバンパレンに行くところなんだね？」

「ええ。スミカ石油会社に秘書の口があるときいたものですから」

「きみは秘書か」ファン・ヘルデンはくるりとこちらに向き直った。「それは興味があるな」

「ほんとですか？　このあたりのことにはおくわしいと思うんですけど、バンパレンに仕事の口がありますかしら？」

「その変装を続けるつもりじゃなければね。そうしていることはある種の危険がある——

とっくに気づいてるはずだが」

男物の絹のパジャマにあらためて気づいて、テンプルは頬を染める。これほど、自分が女であることを意識したことははじめてだった。そして、これほど、虎を思わせる、かすかに皮肉な微笑を口もとにうかべた浅黒い男に出会ったのも、はじめてだった。

「何を見ている？　わたしの眼帯かな？　悪党に見えるかい——たとえば、荒海を乗りまわす命知らずのフレイボウターだとでも？」

「フレイボウターっていいますと？」

「海賊さ……実は、わたしは、ジャワの王子の農園をとりしきっていてね。紅茶、煙草、チーク材とね。商用で旅をしていたが、バヤヌラに帰るところなんだよ。目的ははたせなかったが……」ファン・ヘルデンはゆっくりとドアまで歩き、ふりかえって言った。「一時間後にデッキで会おう。ほかの乗客の手前、若者の変装を続けるんだよ。でないと、ちょっとしたスキャンダルを背負って、バンパレンに着くことになる」

ドアが閉まる。が、煙草の匂いと、最後のことばのこだまは残っていた——若い娘が、あのファン・ヘルデンと一夜、船室を共にして、何ごともなかったと真実を言っても、誰ひとり信じてくれないにきまっている……。

輝く青緑の海を汽船は進んでいく。頭上には金色《こんじき》の靄《もや》に包まれた太陽があった。頭の上から、深い声がきこえてくる。

「われわれはインド洋のきらめく網につかまった魚にすぎない。そうは思わないか？」

「あなたはインド洋のなかでも、かなり大きな魚ね。わたし、王子さまのために働く人に会うの、はじめてなの……なんだかエキゾチックな感じね」

テンプルはオランダ人をふりかえって言う。相手は広い肩を手すりにもたせかけてくつろいでいた。髪は光のなかで純金のようだが、肌は秋の木の葉のように赤銅色だ。彫りこんだように深いあごのくぼみ。圧倒的な感じが、まれに見る男性そのものという感じがあった。

「わたしは島では高官なんだ。王子の命にしか従わない。そしてクラトンに住んでいる」

「クラトンって？」

「宮殿さ――孔雀《くじゃく》宮。庭園をハーレムの雌の孔雀どもを従えて、雄の孔雀が誇らしげに歩いている」

「じゃ、あなたも、島の高官なんだから、ハーレムをもってらっしゃるの？」

相手が声をたてて笑うことをテンプルは期待していた。ただの冗談なのだから。が、相手は、とつぜんきつい顔になって、そっけなく答える。

「きみには関係のないことだ」

この冷静な強い男にも、触れられたくない傷があるんだわ、とテンプルは心のなかでつぶやく。

「わかりました。でも島の話は、もっとうかがいたいわ」

「昔、島はオランダ領でね、先祖たちは千の香りをもつ島と呼んでいたんだが……日本軍が侵攻してきて、黄金時代は終わりをつげた。戦後は、革命が起こって、オランダはもはやジャワ海の王ではなくなってしまった」

「でも、あなたは？」

「ごく小さいころ、ここにいたんだよ。両親が捕虜収容所に送られたときも、年寄りのジャワ人の召使いが自分たちのところでかくまってくれた。髪を染め、食事の世話もしてね。わたしはやしの葉で屋根をふいた家で育ったんだ。そして……島の人たちを愛するようになった……」

「ご両親はどうなさいましたの？」

「別々の収容所に送られて、父は何百人ものオランダの植民者ともども、満州への行軍のあと、足の傷が化膿《かのう》して亡くなった。戦争が終わって、母と再会したが、それも長くは続かなかった。収容所の暮らしですっかり弱っていてね、革命のあいだに亡くなった。わたしはライデンの母の実家に送りかえされたのだが、どうしても、金色の島々を忘れられなかった……オランダの大学でチャイ王子に出会い、やがて、バヤヌラにある王子の農園の経営をしてみないかという話になった。十年前の話さ。ふたりとも、こうなってよかったと思っている」

テンプルは感動していた。相手の話にも、相手の島への愛にも。テンプル自身、島の美しさに心ひかれていたからだろう――青い空と孔雀色の海。しかし、そこには嵐もあった。異国の神殿と村落。そこには虎と火山の恐怖もある。けれども、テンプルはまだ、この世界の新参者にすぎない。

「で、きみは秘書なんだね？」

「正確には図書館司書です。でも、タイプもファイリングも仕事の一部ですから……」

ファン・ヘルデンが非常に注意深く自分を観察していることに気づいて、テンプルはどぎまぎしてしまう。

「ぜがひでも、スミカ石油会社に勤めたいのかね？」

「働かなければならないんです。ここに来るために貯めたお金は、ほとんどなくなりかけてるんですもの」テンプルは唇をかんだ。「それに、しばらくは熱帯で働いてみたいんです」

「たとえば、二カ月くらい？」

「ええ。そのあいだに、イギリスに帰る旅費を貯めることもできますし――帰国したいと思うとしての話ですけど。きらめく網につかまるかもしれません……」

「わたしのために、二カ月ほど、働いてみる気はないか？」

テンプルはただ相手の顔を見つめるばかりだった。いったい、どんな仕事を考えているのだろう――もし、それが、孔雀宮の……。

「きみが何を考えてるか、見当がつかないわけじゃないが……わたしが必要なのは、有能なタイピストでね。きみの貞操まで必要だとは言わない」

テンプルはまっ赤になった。それにしても、なんと恐ろしい顔で、恐ろしいことを平気で口にする人だろう。

「ごめんなさい、わたし、つまり……」

「こういう諺《ことわざ》もある――外見で人を判断するのは虎を起こすようなものだ。それともきみは、いま逃げだそうとしている男とわたしをごっちゃにしているのかな？　その男の下で働いていたのか？」

あなたの知ったことじゃないわ、とテンプルは言ってやりたかった。

「結婚するつもりでしたの。でも、自分が現実にではなく、恋に恋してたことに気づいたんです。白いスーツの輝くナイトなんて、わたしの幻想でした。いまは、人を信じられなくなっているんでしょう」

「きみは若い。破れた夢から立ちあがるための時間は、たっぷりあるじゃないか」

口調に侮蔑がこもっているように思う。テンプルは唇を震わせて言いかえした。

「ただひとつ、たしかなことは、あなたってかたは、傷つくほど深く人を愛したことがないってことでしょうね」

「きみは衝動的だな。またもや頭から、恋愛に突っこんでいく可能性があるぞ――じゅうぶんに気をつけたまえ……ところで、仕事の話だが、大昔に、わたしの先祖が書いた何冊もの日記を、きみはタイプ原稿にできると思うかね？」

「でも、わたし、オランダ語はわかりませんが……」

「日記は英語で書かれている。ポリャーナ・ファン・ヘルデンは、〝手袋の結婚〟で、ロウレンス・ファン・ヘルデンにとついだイギリス娘なんだ」

「手袋の結婚？」

「お見合いなしの結婚さ」相手はシガレット・ケースをとりだし、テンプルにすすめる。

「一本、どうです？」

テンプルは首をふった。

「もっと、その結婚の話をきかせていただけません？　幸せな結婚でしたの？」

「いきさつは日記に書いてある。ポリャーナには文才があってね、四十年間の結婚生活のことを、こと細かに記したんだ」ファン・ヘルデンは香りのいい煙を吐きだすと、からかうような目で、顔を仰向けて自分を見つめているテンプルを見やった。「当時、〝手袋の結婚〟は珍しいことじゃなかった。冒険心に富んだ若者がオランダからインド諸島にいくらも出ていったからね。若い孤独なオランダ人の結婚を、インド会社が世話したんだよ。若者は宝石をちりばめた手袋にシナモンと香料をたきこめて相手に送る。すると、その女性は、その手袋をもって青年のもとへと船出して、結婚式のあいだじゅう、はめているわけさ」

「でも、一度も会ったことのない人と?」

「ポリャーナは勇気のある女性でね、ハーグの商人の養女だったんだが、実の娘たちよりきれいなものだから、家では幸福だとはいえなかった。それに、冒険心もあったから、まだ一度も会ったことのない男性との結婚に同意したんだね」

「四十年も続いた結婚のはじまりね……きっと、幸福だったんでしょうね。だからこそ、夫や家族のことを書き続けられたのね」

「日記はとても興味深い。オランダに送ってタイプさせることも考えてみたが、わたしにとってはかけがえのない品だから、バヤヌラで仕事をしてもらおうと思い直した。ポリャーナが親しみ、愛した環境のなかでね」

「出版なさるおつもりですの?」

「ああ。そのためにも、原稿が仕あがっていく過程で目を通したくてね。実はルムバヤでも製材会社の秘書を面接したんだが、この仕事のためには英語がいくぶん力不足でね。まあ、アジアの女性だから、無理もないが」

「わたしならできるとお思いですか、ファン・ヘルデンさん?」

「熱帯でひとりぼっちのイギリス娘なんだから、きみならポリャーナを理解できるように思う。とりわけ、見知らぬ男の花嫁となって味わったにちがいない、最初の日々のジレンマをね。仕事は、惚《ほ》れこんだ人の手でやってもらったほうが、はるかにうまく仕あがるものだ」

「わたし……たしかに心ひかれてます」

「じゃあ、なぜためらう？　この汽船に乗りこむために、あえて男装までしてのけたきみじゃないか――わたしの秘書になってバヤヌラに来るのは、それ以上勇気のいることかな？」

「よく考えてご返事申しあげないと……」

「あと何時間もないな。午後遅く、島から小舟が迎えにくる――バヤヌラはバンパレンへの航路から少し離れているんでね」

「それじゃ、いったんバヤヌラで仕事をすることになると、容易なことじゃ逃げだせなくなりますわね？」

「きみがためらっているのは、ふたりだけのとき、わたしがわれを忘れるふるまいに出ることを恐れてかな？　それじゃ、安心させてあげよう。まず第一に、きみはわたしの好みのタイプじゃない。第二に、きみには、きみだけの住居を提供する。さらに、週に一回、アメリカ人の医師が島に飛行機でやって来る。竹でつくった小さな診療所で患者を診《み》るためにだが、キンレイドなら、きっと、大喜びできみを飛行機に乗せてくれるさ」

頬がまっ赤になった。テンプルはこんなふうに説明できたら、と思う――一度、あまりにも簡単に、優しい思いと感謝をこめてニックを愛してしまったことがあるせいです。それまで、ほとんど誰からも愛されたことがなかったので、自信さえもてなかったんですもの。けれどもニックがわたしを求めたのは、わたしを愛していたからではなくて、自分のために闘ってくれる誰かを必要としたせいだったということが、やっとわかったばかりですもの、と。

「さて、ここまで言えば、わたしの提案を、まともな角度から見られるようになっただろう？」

「ええ、ずっと魅力的に見えます――報酬はいくらいただけます？」

お金でものごとをきめたことは一度もないテンプルにとっても、相手の答えた額は、無視できないほど大きかった。

「ドクター・キンレイドが、バンパレンから秘書を連れていらっしゃらなかったんですの？　あそこなら、ヨーロッパの女性が働いているとききましたけど」

「そう。働いてはいるが、噂話や恋愛事件やスキャンダルに忙しくてね。できることなら、そういう趣味のない秘書を雇いたかった――あの日記に興味と尊敬をもって、タイプしてくれる人をね」

「わたしなら、恋愛事件から逃げだしてきた女ですわ」

ファン・ヘルデンは声をたてて笑った。

「たしかに、きみは、恋多き女ってタイプじゃないな。きみが求めているのは、結婚と安定、そのうえに愛情もだろう?」

「ずいぶん皮肉な言い方をなさいますのね、ヘルデンさん。まるで愛を信じていない人のように」

「まったく反対だな」ファン・ヘルデンは見あげるほどの長身の体を起こす。「わたしは愛があることを知っている。が、同時に、ひとたび失えば、二度と見つかることなどめったにありはしないことも知っている……さて、バヤヌラでの生活について、もう少し、説明しておこうかな」

リック・ファン・ヘルデンの深い声に耳を傾け、孔雀色の海を進む船のエンジンを体で感じながら、テンプルはもう二度とニックのもとへは帰らないことを、けっしてバンパレンへは行かないであろうことを予感していた。

ふいに騒ぎがもちあがり、リックはことばを切った。デッキの反対側でトランプをしていた東洋人たちらしい。女の悲鳴があがり、ナイフがきらめく。わずか三歩で、リックはデッキを横切り、ナイフをもつ男の手首をつかむと、ゆっくりとねじあげていった。ナイフがぽろりと、切っ先から熱いデッキに落ちる。その男はうめきながら手首をさすっていた。リックが何か、東洋のことばで言うと、乗組員が現れる前に、騒ぎはすっかりおさまっていた。

「やあ、どうかしましたか?」

リックは何ごともなかったように、テンプルのそばに戻ってきた。

「顔が青いですよ。熱帯では、人はすぐかっとなる。だから、すばやく片をつけなくちゃならないんだよ」

「それも、容赦なく、でしょ? あなた、あぶなく、あの男の腕をへし折るところでしたわ」

「たとえ腕が折れたにしても、首がとぶよりはましさ」リックは広い肩をすくめてみせる。

「きみは、インド諸島に来て、まだ日が浅い。熱帯の大気には、いつも無言の悪意がひそんでいることがわからなくても、無理はない。海を見てごらん。今日はまるで絹のようだ。が、うねりの下には、嵐と危険が隠れている。あれくらいのことで、こわくなるようなら、きみはイギリスに帰ったほうがいいな。もし、金を使いはたしたのなら、旅費はわたしがもってもいい……」

「いいえ!」この男から金を受けとるわけにはいかないというプライドの叫びだけではなかった。相手のことばにこめられた挑戦に、テンプルの冒険心が反発した叫びだった。

「いいえ、帰りませんわ。わたしに、その仕事をさせてください。本をあつかうのは慣れてますし、ポリャーナには心ひかれるんです……」

「なぜかな？　一度も会ったことのない男と結婚したからかな？」

「そうかもしれません」

「心配はいらないよ。ロウレンスとちがって、わたしは秘書をこそ求めてはいるが、妻を求める気持はないから……」

テンプルは皮肉な口調の底に、痛ましいひびきをききとって、口をつぐんだ。でなければ、こう言いかえしていただろう――ニック・ホーラムとの一件があったあとで、もう一度恋に陥る気は、わたしにもありません、と。

航跡が目にしみるように白い。胸がどきどきしているのがわかる。選択はもう終わったのだ。わたしは午後遅く、船を離れるだろう。わずか一日もつきあったことのない男性といっしょに。

「来たまえ」たくましい褐色の手がテンプルの肘をつかむ。「サロンにおりて昼食を食べよう。船長の米料理はバヤヌラのより味は落ちるが、とりあえず腹の足しにはなる。きみも腹ぺこだろう？」

驚いたことに、そのとおりだった。

3

海は黄金色《こがね》に輝き、竜首を高くもたげたボートは、オールのしぶきをあげながら島に向かう。緑のかたまりのなかから青い火山口が空に向かってせりあがる。バヤヌラは、太古のまま時間がとまってしまったかのような美しさだ。島のまわりを珊瑚礁《さんごしょう》が囲み、断崖《だんがい》には海が、いくつも入江を刻んでいる。

テンプルはリックの視線を感じてはいたが、胸が迫って、口さえきけなかった。夕日のなかの島の信じがたいほどの美しさ。ひとこぎごとに島に近づき、白い浜辺と菩提樹《ぼだいじゅ》の巨木が姿を現す。

こんなふうにして、ポリャーナも島にこぎよせたんだわ……テンプルは心のなかでつぶやく。そばにいる男性と、未来に横たわる生活に、心をかき乱されながら……。

小さな突堤が行く手に現れ、菩提樹ややしの木陰に島の人たちが群がっている。島の高官ファン・ヘルデンのところで働いている人たちが出迎えているのだろう。

リックに手をとられてボートをおりる。島民の目がいっせいに自分に注がれているのが、はっきりわかる。リックは村の長老たちにあいさつする。それから、優雅に頭をさげる女たちにことばをかけ、みんなにテンプルを紹介した――このお嬢さんは島の歴史をまとめる仕事を手伝うために来てもらった。ポリャーナの日記を本にするために、と。

いっせいにため息がもれ、尊敬のまなざしがテンプルに集まる――学問のある女の人なんだよ、なんだか男の子みたいに見えるけれど！

テンプルははずかしげに微笑をかえし、まるでお祭りのように、全員がひとかたまりになって、曲がりくねった道を宮殿へと向かう。あざやかな色どりの巻きスカートに絹のチュニック《クラトン》を着て、耳飾りと腕飾りをきらめかせながら、ゆったりと歩む女たち。リックを迎える正装なのだろう。そして、白の熱帯服を着て、みんなから頭ひとつ高いリックの姿は、チャイ王子のいないいま、まるで島の王さながらだった。

夕映えがゆらめき、やがて消える。孔雀宮の入口に着いたときは、もう夜だった。島の人たちは提灯《ちょうちん》のついた明るい前庭まで送ってくると、思い思いに家路についた。テンプルは宮殿の主人《あるじ》とただふたり、あとに残る。ふたりを囲んだ〝千の目をもつ東方の夜〟が息づいていた。

とつぜん、鋭い鳴き声が静かな夜を引き裂く。テンプルはリックの腕に手をおいて、なんなのかたずねる。

「孔雀さ。実に美しい鳥だが、見るためのものでね、ナイチンゲールとはちがう」

白い服のふたりの召使いに、タイルを敷きつめた宮殿のホールに案内される。まるで夢のなかに歩みいるような感じだった。香料と花の匂いに重い空気。壺いっぱいのジャスミンの花。翡翠の目で瞑想《めいそう》にふける石の神様。

「観音――慈愛の神だ」

「穏やかなお顔ですわね」

やわらかなインドじゅうたんが床のあちこちに敷いてあり、植民地時代のオランダ様式の家具にまじって、孔雀と見なれない花を描いた屏風《びょうぶ》がいくつも立っている。ホールの中央には噴水があり、浮き彫りのあるチーク材のドアが、いろんな部屋に通じている。召使いがあずまやにおいてある低い円テーブルに食事を運びこんだ。

「とても大きな宮殿ですのね」

ふりむくと、リックはテンプルのびっくりしたようすを、おもしろそうに眺めていた。

「どうぞ、わたしの食卓におつきください、テンプルさん……うちのコックの腕はたしかでね、味は最高だよ」

メイン・ディッシュは、蓮《はす》の葉にくるんで蒸した若鳥で、香料と詰めもののくるみの匂いがする。器も蓮の形で、鳥のまわりには、米飯や野菜やソースが色とりどりに並んでいた。

「いつも、こんなみごとなお食事をしてらっしゃるの?」

「猛烈に働いた植民者には、ひとつかふたつは楽しみがなくっちゃね」

食事のあと、リックは書斎に案内して、ポリャーナ・ファン・ヘルデンの日記を見せてくれる。

「一冊目は、オランダを出航して、長い航海をしているあいだに書きはじめたらしい」

古い漆塗りの箱を鍵で開けると、それぞれ革で装丁して、ファン・ヘルデン家の紋章のおしてある日記が現れる。リックは一冊目の日記を手にとってぱらぱらとめくった。

「彼は私を愛してくれるだろうか?」リックが深い声で朗読する。「みんなと同じように、わたしもこの人なら愛することができるという人のイメージをいだいている。ロウレンスの小さな肖像画は送ってもらったけれど、外見からでは、はたして、妻として仕えることができる人かどうか、見当もつかない。日に焼けた顔。金髪と灰色の目。目はまるで海のよう――でも、熱帯の海はいつも穏やかだとはかぎらない。嵐の日もあるだろう。落ち着いていて、でも、ちょっぴり傲慢な感じがあるのが気にかかる。彼は結婚市場で花嫁を買ったわけだから、ついにふたりが顔を会わせたとき、わたしにがっかりするようなことがありませんように――そう祈らずにはいられない。わたしは宝石をちりばめた手袋を、彼のもとへと運んでいく。結婚式のとき、はめるために。ガーネットと真珠。そして銀糸で、ふたりの頭文字が刺繍《ししゅう》してある――あの人の名前とわたしの名前の頭文字が」

リックは日記を閉じて、テンプルの目を見る。

「ポリャーナの語り口は気に入っただろう？」

片すみの漆塗りの戸棚を開けて、ひきだしから小さな箱と、絹の布に包んだものをとりだし、テンプルの目の前で開けてくれる。小さな箱から出てきたのは、二枚の小さな肖像画だった。

「この銀のメダルに入っているのが、ポリャーナが航海のときもっていたロウレンスの肖像画だ。そして、こちらの真珠をあしらった金のメダルが、ポリャーナ自身の肖像画で、結婚後二年たったときのものだ」

テンプルの直感はあたっていた。リックは、もし片目が見えなくなっていなかったらロウレンスにそっくりだった。そして、ポリャーナは、画家フェルメールの作品によく描かれている、青の瞳で、栗色の髪の、いきいきとした若い女性で――いかにも、深く愛されていることがわかる微笑をうかべている。

「わたし、仕事にかかるのが待ちどおしいくらいですわ」

そのとき、絹の布から、宝石をちりばめたビロードの手袋が現れる。ロウレンスがポリャーナに送ったもので、LとPの二文字が、よりそうように刺繍してあった。

「あの……はめてみていいかしら？」

「独身の女性が〝手袋の結婚〟の手袋をはめると、結婚できないという迷信があるよ」

「わたしなら、ちゃんと覚悟はできてます……愛って、ひどい幻滅に変わりやすいんですもの」

「とにかく、手をあててみるだけにしておきなさい……きみは小さな手をしてるんだな。ポリャーナも大きすぎたと書いてるんだよ」

「とてもきれい……あのころは、未婚の女性の運命は悲惨なものだと思われていたんでしょうね？」

「でも、きみにはそうは思えないわけかな？……そのルムバヤの男は、きみをひどく傷つけたのか？」

「ええ。きっと、わたしが期待をかけすぎていたんでしょう。でも、ほんとうに愛してもいないくせに、手紙を書き続けたりするのはまちがってます……わたし、七重の塔を建てたと思ってたのに、実際は紙の塔だったってわかったんです」

「イギリスの家のほうはどうだね？　きみがその男をおき去りにして、まだこの地方にとどまっていることを、心配するんじゃないのかな？」

「わたしも、ポリャーナと同じ身の上ですの、ヘルデンさん」テンプルは力なく微笑をうかべるしかなかった。「伯母や従姉妹たちと住んでいたんですけれど、わたしは愛されているからじゃなくて、役に立つからおいてもらってただけですもの」

「なるほど。だからこそ、このルムバヤの男との結婚に賭けたんだね。しかし、ポリャーナとちがって、きみは悪い籤《くじ》の花婿を引きあててしまった。酒か、それとも女かな？」

「どちらもなんです」テンプルはテーブルのところに行って、タイプライターを見てみる。新品で、横には原稿用の紙と、カーボンの箱と、メモ用紙にボールペンまでそろえてあった。「ここで――宮殿のこの部屋で、仕事をするんでしょうか？」

「ああ。午前中はいちばん日あたりがいいし、花のある小庭園を見おろせるからね。あそこなら、ひと休みするのにもってこいだろう。それに、本もあるから、調べものにも都合がいい。オランダの歴史は栄光に満ちている――残酷かもしれないが、実に興味深い……」

「オランダとイギリスは、昔、敵同士でしたわね」

「心配はいらない。きみにつきまとったりはしないから。わたしは、ほとんど一日じゅう、宮殿にはいない。いつも、目を光らせなきゃならないことを山ほどかかえているんでね――茶畑。煙草畑。材木。そのほかに米をつくる田と、熱帯果樹園もある。いつも忙しいんだよ」

足音も立てずに召使いのランジが入ってきた。リックは穏やかなこの島のことばで、何か命じる。ランジは引きさがった。

「そろそろ、きみの仕事とバヤヌラ滞在に乾杯して、そのあとで、きみのハウシェに案内しようか」

「ハウシェって？」

「小さな家さ。ジャワの茶屋を、来客用のバンガローに使ってるんだよ。宮殿の庭園にあって、きみの気に入ることはまちがいない。それに、きみのために小間使いをひとりつけておいた」

「ジャワの茶屋に住んでいいんですの！」

ランジが盆をもって入ってくる。ずんぐりしたびんと、みごとな古いグラスがふたつのせてあった。ランジは盆をおき、お辞儀をすると、また足音も立てずに部屋を出る。

「それじゃ」リックはテンプルにグラスを手渡すと、自分のグラスをあげる。「孔雀宮が、きみの失った夢のいくらかでもとり戻してくれますように」

「ありがとうございます」

「来たまえ」

ふたりは庭園に出る。リックが壁から提灯をとって、庭園の中心へと案内する。香り高いタマリンドと丁子の林に囲まれて、茶屋はあった。ベランダにのぼる階段に足をかけたとき、涼やかな音がきこえ、見ると提灯の明かりに風鈴がきらめいていた。

すらっとした人影が静かに茶屋から歩みでてくる。中国風の上衣とズボン。娘は手を前に合わせて、まず主人のリックに、続いてテンプルにお辞儀をする。

「メイだ」

リックはテンプルには見せたことのない、優しい微笑を見せる。娘は竹のようにたおやかに立って、じっとテンプルを見つめていた。リックがオランダ語で話しかけると、メイも微笑をうかべ、ぴょこんと頭をさげると茶屋に戻った。

「メイはシンガポール出身でね。オランダ語を少しと、片言なら英語も話せるんだが、なにしろはずかしがり屋でね。まだ少女なのにクーリーとして働いていたのを見つけてね、ほんとうの自分の家はなかったものだから……料理も縫いものもできる。おとなしく、気持よく、きみに仕えてくれるだろう。メイ・フラワー。たしかに花のような娘だろう?」

「東洋の娘たちには、生まれつき優雅さがそなわっていますわね」

テンプルは胸いっぱいに花々の匂いを吸いこむ。

「ひとつ、特別強い香りのものがありますわ、囲いのすみのあたりかしら?」

「朝鮮朝顔さ。島の者は魔力があると信じている。花粉から惚れ薬をつくるんだよ」

テンプルは皮肉に笑った。あの島の娘も、黒髪に朝鮮朝顔を差してたわ。きっと、ニックをとりこにするためだったのね。

「どうした? 神経が立ってるのかい?」

「花の匂いや木々の葉ずれなんかなんともありませんわ。わたしがうんざりしてるのは、人間にたいしてです」

「人を知ることは、たやすくはないさ。一度や二度はぶつからないと、相手を理解するまでにはいかないものだ」

「あなたはわたしとも、一度や二度ぶつかるおつもりかしら」

「考え方の相違や意見の衝突はまぬがれないだろう――きみは女だし、わたしは男だから」

「しばらくは、あなたの目をごまかしたこともありますでしょ？」

「もしわたしが、きみの変装にだまされたのは一瞬のあいだだけだったと言ったら、きみはどう答えるね？」

「あなたは」テンプルは息をのんだ。「わたしを男の子だと思って、あなたのパジャマに着替えさせたんじゃなかったたっておっしゃるの！」

「きみを船室まで連れていったとき、男の子じゃないと気がついていたよ。目はだませても、手ざわりはだませないものさ」

「それなのに、わたしの服を脱がせるなんて！」

「きみを濡れたまま寝かせておいて、風邪をひくのを見てることもできたさ。どうして、そんなことを気にするんだい？　三十三歳にもなれば、男は、女がどんな形をしてるかぐらい、とっくに知っているものだよ」

「けっこうなお話ですこと……」

「後悔してるよ」リックはひやかすような口調で言う。「この次は、きみのお行儀のよさに敬意をはらうことにしよう――どっちにしても、わたしにとっては、きみはただのキンディエなんだが」

「キンディエって？」

「子どもさ。もし明日の朝、優秀な女秘書になってくれるつもりなら、おちびさん、もうベッドに入らなきゃいけないよ」

「ほんとうに腹の立つかたね……さっき、わたしたちはぶつかり合うっておっしゃったわね」

「言ったよ」

「そしてあなたがいつも正しいのね？」

「そうありたいと願っております」皮肉なお辞儀。「朝になったら、林のなかの道を来たまえ。宮殿に出るはずだ」

「わたしにお仕事をくだすったことを、オランダ語でどうお礼を言えばいいのかしら？」

「ダンクバール、でいいだろう」

「じゃあ、ダンクバール、ヘルデンさん。喜んでやれる仕事をくだすって、ほんとうに感謝しています」

「フウヘン・ナハト・メイシェ《おやすみ》」

4

高い支柱のある蚊帳を張ったベッドで目を覚ましたテンプルが、まだ黒檀《こくたん》の頭板の浮き彫りに見とれているとき、竹のすだれが鳴った。フルーツ・ジュースを盆にのせてメイが入ってくる。象牙《ぞうげ》色の肌の娘は、今日は長い中国服を着ていて、高い衿が近よりがたい感じを与える。

「よく、眠りました？」メイはジュースを手渡す。「卵料理、つくります。ベランダで食べてください」

「待ちどおしいわ」

「お風呂、入ります？」

「ここには、そんなものまであるの？」

「茶屋の風呂、風呂桶ありません。メイがお湯かけます」

テンプルのうかべた微笑は、次の瞬間には凍りついていた。漆塗りの衣装戸棚を開けたメイの目に、かすかに軽蔑の表情がうかんだような気がしたからだ。数少ないドレスを調べると、メイは問いかけるような目をテンプルに向ける。

「ブルーのをとって」

ベッドから出ると、パジャマはしわくちゃだった。ふいに、テンプルは、何よりもまず風呂を使って、ルムバヤで買ったブルーのホームスパンの服に着替え、きちんとしたいと思う。でないと、なんだかメイに圧倒されそうな感じだった。枕もとの虎の浮き彫りの目が金色に光る。そのときになってはじめて、ベッドの浮き彫りの意味が、テンプルにもわかった。虎と茂みと鳥――力と豊饒《ほうじょう》と幸福のシンボルである。

着替えをすませてベランダに出る。すぐさまメイもベランダに出て、テンプルを見つめる。申しぶんのない礼儀正しさのかげに、ひそかに軽蔑を隠しているようなまなざしで。

「いま、食べますか？」

「身づくろいが終わってからにしてね」

部屋に戻って髪をとかす。まさか、メイが自分をきらっているなんて、思いもよらないことだった。

ニックも島の娘の魅力にさからえなかったひとりだ――とたんに、鏡に映った目に苦痛の色がうかんだ。リックも同じように結婚していなくて、昨日の夜はメイのことを花のような娘だといってたわ……。

テンプルは母のかたみの指輪をはめ、やっと孤独感からぬけだす。鏡のなかの自分を見る。ブルーのドレスは、ちょっとすました感じで、すてきだ。二日間変装していたあとのせいか、前よりも女らしい女に戻ったような気がする。

朝食はベランダのはたんきょうの花のそばにおいた竹細工のテーブルに並べてあった。目玉焼き、パンとバター、そしていままで飲んだこともないほどおいしい紅茶。メイは島の濃い緑の中央部を指す。

「だんなさまの茶畑のお茶よ」

陽光が屋敷いっぱいにあふれ、茶屋の屋根の影が長い。メイはいつのまにかさがっていて、風鈴も静かだった。ただはたんきょうの香りだけが高い。テンプルは花に手を伸ばす。何か黒いものが花のなかを動いたとたん、その黒いものはテンプルの二の腕に飛び移った。テンプルは飛びあがって、それを払い落とす。それは地面に落ちるとたちまち花のなかに姿を隠した――黒い毛むくじゃらの蜘蛛《くも》だった。

あとずさりして、ベランダの手すりに背中をぶつける。次の瞬間、テンプルはベランダを駆けおりていた。まだ、蜘蛛の八本の足が這《は》いまわった感じが残っている腕をこすりながら、宮殿へ向かう。毒蜘蛛だったかもしれない――まさか、メイは、はたんきょうに毒蜘蛛の巣があることを知っていて、わざとテーブルをあそこにおいたのでは……。

机の前に座っても、まだ息がはずんでいた。すぐ仕事にかかれるように、ポリャーナの日記の一冊目が机においてあった。

手にとってぱらぱらとめくる。テンプルの唇に微笑がうかんだ。ポリャーナは、遠い昔の月曜日の朝のことをこう書いていた。

「今日、いとしいロウレンスは、いつまでも心に残ることばを話した――天国とは、妻のほほえみのことなんだね、と」

天井の扇風機がゆっくりと回っている。テンプルは夢中で日記に読みふけった。リックが本にして出版したいと考えたのも当然だと思う。家庭のことを書いた部分は暖かな人間性にあふれているし、そのほかの部分は、オランダの植民地時代の人物や事件のいきいきとした記録なのだから。

ポリャーナは鋭い観察力と文才に恵まれていて、日記に登場する人びとは誰もかも、テンプルの想像力をとりこにする。とりわけ、ロウレンスが興味を引いた、インド諸島の貿易商人の残酷なまでにぬけ目のない性格。しかし、その底には、世間からは完全に隠しているが、ロマンチックな心がひそんでいることに、ポリャーナは気づく。といっても、それまでには、ずいぶん時間がかかり、涙が流れたようだった。たとえば、はじめて夫と顔を合わせたとき、ポリャーナはキスを待ち受けていたのに、夫はよそよそしく会釈しただけだった。

「『ようこそ』夫は、まるでお客を迎えるときのように言った。『インド諸島が気に入ってもらえると、そして、わたしの家でくつろいでもらえると、うれしいんだが……』」

「オランダを遠く離れ、子どものころを過ごしたイギリスをも遠く離れて、いま、わたしはインド諸島にいる。わたしは花嫁になり、夫のことで悩みに悩む妻になった。いままで会ったどの男性よりもはるかに背が高く、大きな島の住民と商船隊に命令をくだし、茶畑の上の大きな家に情婦をおく代わりに結婚した男——何も知らない娘だったわたしには、そうとしか考えられなかった……」

「そうではないことも、やがて、わたしは学んだ。けれども、もはや自分が生徒ではなく、幸せな恋する女だと思えるようになるまでには、どれほど多くの涙を流したことだろう……」

テンプルはタイプライターを引きよせ、二枚の原稿用紙のあいだにカーボンを入れ、タイプライターにはさんで、キーを打ちはじめる——ポリャーナの日記は、手袋の宝石の数と同じくらいも事件があった。苦しみと接吻のある物語だった。

仕事をしていて、朝の時間がこれほど早く、気持よく過ぎたことははじめてだった。テンプルは椅子を引き、手を伸ばす。立ちあがって、昼食のために庭園に出る。ランジはテーブルを花陰にセットしていた。蓮池のそばの席についたテンプルに得意そうな笑顔を向けて、ゆっくりとおおいをとる。よく冷えたマンゴー。焼き魚。さつまいも。カスタード・アップル。

満ちたりた気持でコーヒーを味わい、仕事に戻る。宮殿は静まりかえって、きこえるのはタイプライターの音だけ。昼寝《シエスタ》の時間だった。熱帯の熱気は人びとを眠りに誘う。仕事の手を休めて、人びとは木陰にまるくなって眠った。夕方、涼しくなったとき、すぐまた仕事に戻れるように。

熱気は宮殿のなかにも忍びよる。天井の扇風機もきかない。指先がねばつき、ドレスが体にへばりつく。とつぜん、あくびをひとつすると、テンプルは立ちあがった。宮殿を見てまわっているうちに、ねむけも覚めるだろうと思って。

タイルがきらめき、漆塗りの柱が並ぶホールをぬけて、いくつか部屋をのぞいてみる。テンプルが仕事をしている部屋と同じように、みがきあげられてはいるが、誰かが使っているようすはない。装飾のある階段をのぼって、馬蹄《ばてい》型の廊下に出る。とたんに、もの陰から金赤色のものが飛びだしてきて、前脚でテンプルの脚にじゃれついた。

「まあ!」足もとにいるのは、いたずら好きの虎の子だった。「珍しいわ」

動物好きのテンプルは、しゃがんで虎の子の頭を撫でる。虎の子は頭をすりよせ、ふざけてテンプルの指先をかんだ。小さな宝石をちりばめた首輪をしているところをみると、よほど大事にされているペットらしい。

「名前はなんていうの?」

虎の子は仰向けに転がって、うれしそうにおなかを撫でてもらう。ふと目をあげると、すぐそばに、浮き彫りのある二階の部屋の扉があった。なにげなく扉を開ける。ちょっとのぞくだけのつもりだったのに、虎の子はさっと部屋に飛びこみ、ベッドに飛び乗ってしまった。

「まあ、たいへん!」

虎の子が絹のベッド・カバーを引き裂かないうちにつかまえようと、テンプルは部屋に入った。うなっている虎の子を抱きとって、ほっとしてぐるりを見まわす。見たこともない、人の心をとりこにするような、美しい部屋だった。

暖かみのある金色のチーク材の床には絹のパイルのじゅうたんが敷かれ、床まで届くカーテンも金色の絹だった。びっくりするほど大きな孔雀の扇が壁にかかっている。家具にはすべて、繊細な浮き彫りがほどこしてあった。鏡だけは、めったに使われることがないのか、いちめんに曇っている。そして、化粧台の上には、金銀細工をほどこした化粧箱と燭台《しょくだい》があり、レースの敷物の上にはいぶし銀のブラシとくし……女物だった。

ふいに不気味な感じが部屋にみなぎり、虎の子はいっさんに飛びだしていった。が、テンプルは、まるで亡霊に肩をつかまれたように、部屋の奥へと誘いこまれていく。戸棚を開ける。何も入っていない。ひきだしを開ける。白檀《びゃくだん》の香りが漂うばかり。美しい部屋だが、一度も使われた形跡がなかった。鏡の前の小さな銀の箱を見つめる。薄緑の翡翠のイヤリングが片方だけ入っていた。テンプルはなにげなく耳たぶにあてて見る。そのとき、長身の男の影が鏡に映った。

はっとして、うしろめたい思いでふりかえる。そのひょうしにイヤリングが落ちた。リック・ファン・ヘルデンがそのイヤリングを拾い、銀の小箱に収める。ひとことも口をきかない。が、冷たい、ぞっとするような顔つきが、はっきり、リックの怒りを物語っていた。

「ごめんなさい……鍵がかかってなかったものですから……」

「そんなことは言い訳にはならない！　書斎がきみの居場所だ。わたしは、あそこで仕事をしてもらうために、きみを雇ったので、わたしが宮殿を留守にしているあいだ、プライベートな部分までうろついてもらうためではない。ミス・レイン、一日じゅう、そんなことをしてたのか？　きみには何のかかわりもないことを、あれこれかぎまわってたのかね？」

テンプルはまっ赤になり、リックを心底憎んだ。傲慢で、皮肉で、野蛮で……。

「もし、この部屋にいた女の人が、あなたから逃げだしたとしても、無理はないわ！」

悪意に満ちた沈黙が続く。リックの日焼けした顔が青ざめていくのがわかる。両手をカーキ色のズボンの両わきで握りしめて――まるで、暴力をふるいそうになるのを、必死に抑えているみたいだった。

「この部屋は、誰も使った者はいないし、これからも、誰にも使わせはしない。きみがおもちゃにしていたイヤリングは、わたしが結婚するはずだった娘の、ただひとつのかたみなんだぞ！　マルタは三年前、ライデンから飛行機でやってくる途中、スマトラの山脈に衝突して死んだ。わたしはスマトラで待っていた。そこで結婚式をあげるはずだった。わたしも救助隊といっしょに山に入ったが、誰ひとり生きている者はなかった。ただ、あのイヤリングだけで、ブロンドの髪だけで、マルタとわかった。イヤリングはわたしの贈ったものだったし、死さえも、マルタの金髪から輝きを奪うことはできなかったからだ」

ただ、あとずさるばかりのテンプルは、いまは化粧台を背に、上体をそらせていた。リックは悲痛な目で、愛する女性のために美しく飾りたてた部屋を見まわしている。

「夢にも思わなかったんです。わたし……」

「きみがどう思ったか、きかなくてもわかっている。植民者も山の男も、孤独を慰めるために情婦を囲っている――そう思ったんだろう。ルムバヤのきみのボーイフレンドのようにな」

「やめてください、お願いよ！」

「人の秘密にさぐりを入れれば、しかえしを受けるのは当然だろう」ふいに疲れた表情がうかび、顔にしわを深く刻む。

「きみがこの部屋を見たのも無理はないかもしれない。きみがここにいるのを見てかっとなったのも、わたしがあまりにも長く宮殿にひとりで住むことに慣れて、わたしの神殿に人が入ることなど……」唇が皮肉にゆがんだ。

「それで、きみの感想は?」

「とても美しい部屋ですわ」

テンプルはリックの心の痛みを感じた。が、痛みはそれだけではなかった。だからこそ、リックは、この部屋にほかの女が入りこんで、神聖な品々にさわったりすることが、我慢できなかったのね。テンプルはニックのことを思い、リックを見つめながら、これほど心を打たれたことはなかったと思う——なんという情熱。いやされることのない喪失のなんという深い痛みだろう……。

「マルタを知ったのは、わたしがまだ十六歳のときだった。マルタはおさげ髪の愛らしい八歳の娘だった。ライデンの祖母の家の隣に住んでいたんだよ。祖母の住まいは古い城で、マルタは城に来て遊ぶのが好きだった——とらわれのお姫さまというわけさ」

一瞬、弱々しい微笑がかすめる。リックはズボンのポケットに両手を突っこんで、部屋を行ったり来たりしはじめた。ベッドのそばで立ちどまり、絹のカバーに手をすべらせる。

「中国の絹さ……中国の絹に包まれて、愛人が主人の部屋に運びこまれる。マルタはそんな物語が大好きだった。たいへんな夢想家だった……」

リックはため息をもらす。しばらくしてテンプルを見て、しいて明るい声で話しかける。

「来たまえ。宮殿のほかの部分も案内しておこう。きっと、屋上にものぼってみたいんじゃないかな？　あそこからは、火山も、村も、茶畑も、ひと目で見渡せるんだ。さあ、来たまえ！」

屋上でふたりは落日を待った。島はテンプルが想像していたよりはるかに広い。火山は山脈から離れて屹立《きつりつ》していた。火口は青く、ふちだけが夕日に黄金色に輝いている。

「噴火したことがありますの？」

「ときどき、ぶつぶついってるな。島の連中は、神々が島の誰かにたいして怒っているときに、火山を通じて話すのだと信じている。地震は神々の警告というわけさ」

「でしたら、わたしがここにいるあいだ、島の人たちが神さまを怒らせないことを祈りますわ」

息をのんで、ふたりは壮麗な落日を見つめていた。やがて、リックが、ぽつんと言った。

「わたしはいろんなところで落日を見たが、バヤヌラの落日には、ほかにはない独特な美しさがある……」

テンプルには、リックの心の動きが手にとるようにわかった。この夕日を、リックはマルタと分かつつもりだったのだわ。そしてこの熱帯の夕闇のなかで、マルタを抱きしめるつもりだったのだわ――孔雀の島の宮殿にやって来た、とらわれの姫君を。

「来たまえ！」

書斎におりると、リックはテンプルのタイプした原稿に目を通す。

「きみはすばらしいタイピストだ。仕事が気に入ってくれたのならうれしいんだが」

「わたしが退屈したから、宮殿をのぞいてまわったとでも……暑かったんです。指がねばついて、タイプライターのキーに……」

「忘れてくれ」

「わかりました」

けれども、テンプルは、リックが花嫁のために用意したあの美しい部屋を、とうてい忘れることなどできなかった。こまごまとしたところまで、すべてがまぶたに焼きついている。宮殿にひとりぼっちでいるとき、リックはあの部屋で時を過ごすことがあるのだろうか？　リックの心は、ただひとつの夢に占められていて、ほかのすべての夢を受け入れることなどできなくなっているのかしら？

リックは夕食にテンプルを誘わなかった。テンプルは召使いのひとり、バユーに送られて、茶屋に帰った。

5

何日かたつと、テンプルは日記をタイプする仕事にも、熱帯の島での生活にも、しだいに慣れていった。一日は、茶畑からのぼる太陽と共にはじまる。ベランダで朝食をとると宮殿に向かう。リックの姿は見えない。テンプルは、彼が夜明けと共に仕事をはじめているものとばかり思っていたのだけれど。

だんなさまは毎朝、水泳に出かける、とランジが教えてくれる。とたんに、テンプルは、メイのことを思いうかべた。メイもまた、毎朝、黒髪を重たげに濡らし、肌をほてらせ、秘密を隠している目をして、朝食の支度をしてくれる。ふたりはいっしょに泳いでいるにちがいない……。

そのことに気づいたあと、テンプルはリックに、できるだけよそよそしい態度をとった。この島には仕事で来ているので、仕事以外のつきあいをするためではないのだから。

金曜日の午後、ちょうど一日の仕事を終えたところで、テンプルは小型飛行機が島の上を旋回している音をきいた。テラスに出て見ると、ちょうど村の向こうの飛行場に着陸するところだった。飛行機で飛んでくるのは、チャイ王子と〝空飛ぶドクター〟のふたりである。好奇心がうずいた。

テンプルはリックを待たずに宮殿を出て浜辺に向かう。水泳用の腰布《サロン》とタオルは、朝、茶屋を出るときから用意してあった。岩の多い浜辺に着くと、洞窟《どうくつ》のなかで腰布に着替え、やしの木陰を走って海に飛びこむ。

静かな夜、ただひとり星明かりの下を泳いでいると、いかにも異国にいる感じがする。ふと、ニックのことを思いうかべる。わたしが島を出たことを知って、ニックはどう思ったかしら？　さびしがっているかしら、それとも、ルアの腕のなかで、とっくにわたしのことなど忘れてしまったかしら？

波はゆっくりとテンプルをゆさぶり、心の痛みをやわらげてくれる……ふいにパニックがテンプルを襲った。泳いでいるうちに、いつのまにか腰布が解けて、いま、テンプルは人魚のように何ひとつ身につけていなかった。急いで浜辺に向かって泳ぐ。ありがたいことに、ほかには誰もいない。

浅瀬に着き、立ちあがって、洞窟めがけて走りだそうとした瞬間だった。背の高いポロシャツ姿の男が、やしの木立から現れたのは。闇にうかぶ煙草の火――鋭い目が、海のなかに何かを認めたらしい。

「メイ――きみか？」

リックが浜辺に向かっておりてくる。テンプルは海に体を沈めたまま、途方にくれて唇をかんだ。それに、怒りに近い感情も交じっていた。あきらかに、リックはメイの姿を求めているらしい。

「メイ?」

「わたしです」

「ミス・レイン! どうぞ、ぼくにおかまいなくあがってらっしゃい」

「あなたがいらっしゃると、だめなんです」

「おやおや、何も邪魔はしてないのに」

「そこにいらっしゃるだけで、だめなんですの。お願いですから、出直していただけません?」

「いただけないな」波打ちぎわから海のなかまで踏みこんでくる。「さあ、来たまえ。引っぱりあげてあげよう……」

「いやです!」テンプルは、リックの手の届かないところまで泳いで逃げる。「わたし……腰布を波にさらわれてしまったの。だから……あなたがそこにいると、海から出られないんです」

「でもね、お嬢さん」リックは声をたてて笑った。「わたしなら平気じゃなかったのか? 船でのことを忘れたのかい?」

「いいえ、忘れてなんかいません！」テンプルは心の底からリックを憎んだ。皮肉たっぷりで、しかも相手を自分の思いどおりにしてしまうのだから。「お願いですから、困らせないで。あっちに行っててください」

「困らせることになるのかな？」くわえ煙草のままくすりと笑って、うしろ向きになり、自分のシャツを脱ぐ。「あがってきて、これを着たまえ」

テンプルは一瞬ためらったが、命令に従う。濡れた裸体を星明かりに白くうきあがらせて水からあがると、リックの体温でまだ暖かいポロシャツを頭からかぶる。すそは太ももまで伸びていた。ボタンをはめながら、頰を染める。

「さぞかし、ばかだと思ってらっしゃるでしょ？」

「ちゃんと着たかい？」

「ええ」

袖は手よりも長く、テンプルの体はすっぽりとポロシャツに収まって、ほっそりした脚がのぞいているだけだった。リックがこちらに向き直る。

「もし、ほかの職を探さなきゃならなくなったら、ボーイッシュ・ルックのモデルになりたまえ。男物のシャツを着た女の子は、たしかに何かを感じさせるな」

テンプルは本能的にあとずさりして、かぼそい声で言う――寒いから、洞窟に行って着替えてきたい、と。そのまま洞窟まで走った。自分のドレスに着替え、香料入りの煙草の匂いのしみこんだリックのシャツを拾いあげる。

なぜ、わたしたちのあいだには、心やわらぐ友情のかけらもないのかしら？　リックが助けにきてくれるときは、いつもからかってばかりだし、日記のことで話しあうときは、クールでビジネス・ライクだし……。

リックのところに戻ってシャツをかえす。リックはすぐ頭からシャツをかぶったが、喉もとのボタンははめなかった。いまはちゃんとドレスを着ているので、少し落ち着きをとり戻したテンプルは、事情を説明する。

「これも、ささやかながらも安全なイギリスの職場を離れてから、ずっとわたしにつきまとってるような感じの災難のひとつですわ」

「安全ってどういうことだい？」リックはぱちんと指を鳴らす。「一週間前のきみは、どんなことでもやりかねなかったくせに——水着をなくしたくらい、なんでもないじゃないか？」

「あなたって、上等のジョークくらいにしか考えてらっしゃらないのね！　メイみたいな島の娘なら、けっしてこんなことにはならない……それはそのとおりでしょ。わざとでもしないかぎり」

「それとも、きみが誘惑されたがってると考えたほうがいいのかい？　やしの木陰に星明かり。海はささやき、ぼくらはふたりきりだ——一度は恋し、その恋を失った男と女……」

「なんの慰めにもなりませんわ、ヘルデンさん。たとえ、一瞬でも、あなたが本気だと思ってみても」

「わたしが本気でないと、どうして確信できるんだい？」

「わたしは仕事のできるタイピストで、あなたのオフィスの備品のひとつなんですもの。まさか、あなただって、ファイリング・キャビネットを抱きしめたりはなさらないでしょ！」

リックは声をあげて笑った。

「飛行機の爆音をきいたんですけど、ドクター・キンレイドでしたの？」

「ああ。空飛ぶお医者さまさ。ぜひとも紹介しなくちゃ。今夜うちで食事をすることになっているから、きみも来たまえ」

「もう少し、ちゃんとした服に着替えないと」

「お好きなように」

ふたりは黙ったまま林をぬけて茶屋に向かった。

「お待ちにならないで、ヘルデンさん。宮殿でお目にかかりますわ」

「ひとりで来るのは、こわくないかい？」

「いいえ。島の夜には慣れましたもの」テンプルは無理に笑顔をつくる。「メイが亡霊の話をしてくれました。ヨギニ——つまりお姫さまが、宮殿をぬけだして、茶屋の香木の下で恋人とあいびきをするんですってね」

「でも、イギリス人は亡霊を恐れないってわけか。ただ、ちょっぴり面くらうくらいで。じゃ、宮殿で待っていますよ」

「ええ。亡霊が出るくらいで、空飛ぶお医者さまにお目にかかりたい気持は変わりませんわ」

「ロマンチックだと思ってるんだろう？　島から島へ、飛行機でまわって、病人を治すんだからな」

「とてもロマンチックだわ。ドクター・キンレイドって、お若いかたですの？」

「年はわたしと似たりよったりだが、きみはきっと、彼のほうが若いと思うだろう——わたしより十歳は年下だろうとね。たぶん、アメリカ人なせいかな？　それとも、ほかに理由があるのかもしれない」

冷ややかに会釈して、林のなかを帰っていくリックのうしろ姿を、テンプルはじっと見つめていた。三年前、スマトラの山脈に分け入りながら、翡翠の耳飾りひとつを手に帰ってきたその日から、青春をなくしてしまった男のうしろ姿を。

テンプルは肌寒い感じになって、あわてて茶屋に入った。メイに、宮殿で食べるから、夕食はいらないと伝える。メイは、けっして感情を表にださない目で、じっとテンプルを見つめる。

「だんなさまとふたりだけでお食事をなさるのですか？」

「もちろんちがうわよ。ドクター・キンレイドがお見えになったから、だんなさまが紹介してくださるのよ」

メイの絹糸のような黒いまつ毛が目を隠してしまう。

「着替えを手伝いましょうか、ノンナ？」

「いいえ、ひとりでなんとかなるわ」

テンプルは自分の部屋に入って明かりをつける。髪にくしを入れていると、海と磯風の匂いが立った。リックはまるで、わたしがいちばんばかげた状態になっているところをねらって、姿を現すみたい――なんとか失点をとりかえさなくちゃ。

衣装だんすを開けて、しばらくためらったあとで、白のシャンタンのノースリーブをとりだす。ニックを喜ばせようと買ったもので、まだ、一度も袖を通していなかった。そう。これがいいわ。絹地を撫でる。そのとき、テンプルは、ガーネットの指輪がなくなっていることに気づいた。仕事がすんでタイプにカバーをかけたときには、たしかにはめていたはずなのに……きっと海辺でなくしたんだわ。洞窟か、海のなかで。いまは宮殿での夕食のためにドレス・アップしなくちゃならないけれど、明日はかならず、探しにいこう。

白のシャンタンは、軽快で、同時にとても女らしい。イブニング・サンダルが背をいっそう高く見せる。ストールがないので、シフォンのスカーフを肩に羽織った。茶屋を出るとき、居間にメイの姿はなかった。

小さな懐中電灯の灯を頼りに林のなかの小道をたどる。花の香りが漂う夜の空気を震わせて、トッケーが鳴いている。背後の木陰で何か音が……一瞬、神経がさかだつ。懐中電灯で闇を照らす。深い葉叢《はむら》が鳴る――もう一度、何ものかが小枝を踏みつける音がきこえた。

テンプルはドレスのすそをもって走りだす。そのまま宮殿の前庭まで突っ走った。壁にもたれて、呼吸を整える。あふれる提灯の明かり。さわやかな噴水の音。ここまで来ると、すっかりおびえてしまったことが、はずかしく思えてくる。とりわけ、リックが大喜びするだろう。こうきいて楽しむにきまっている――誰に脅かされたと思ったんだい？　あのヨギニかな？

テンプルは懐中電灯を小物入れにしまう。走って逃げたとき、シフォンのスカーフを落としてしまったけれど、それはどうしようもない。テンプルは、つんとすまして宮殿のホールに入った。応接間から、男の話し声がきこえてくる。

テンプルは扉を開けて、相手に気づかれぬよう、リックと客を観察する。ふたりとも白のディナー・ジャケットに黒のズボンで、日焼けした顔は健康そのものだ。

リックがまずテンプルに気づき、頭から爪先まで鋭い目を走らせる。客もリックの視線を追って、テンプルをじっと見つめて、微笑をうかべる。青い目と、ユーモアと寛大さを思わせる目尻のしわ。

「こちらがテンプル・レイン。どこからともなく現れたといっておこう。テンプル、こちらがアラン・キンレイド。例の……」

ドクターが手をさしのべてテンプルと握手する。

「ドクター・キンレイド、お目にかかれて、とてもうれしゅうございます。空飛ぶお医者さまのことはしょっちゅううかがってましたけど、お目にかかるのははじめてですもの」

「こちらも、どこからともなく現れたってかたが、チャーミングな若い女性だったなんて経験は、はじめてですよ」

皮肉な目でふたりの出会いを見守っていたリックがたずねる。

「夕食の前に飲みものはどうだい?」

「小さなグラスでシェリーをいただくわ」

アランは、たぶん職業的興味らしいものを目にうかべて、シェリーを飲みほすテンプルを見つめていた。

「もう、ポリヤーナの冒険に巻きこまれましたか? ぼくも一、二冊、リックに読ませてもらったことがあるんだが、たしかに出版する値打ちがあるな」

「とても楽しくお仕事をしてますの。ポリャーナはいきいきとしたかたで、ご自分が知ってて、愛してもいる人たちのことを、いきいきと書いてらっしゃるわ」テンプルははずかしそうに微笑する。「出版されたら、きっと、女性は喜んで読みますわね。ヘルデンさんにも、シリーズにして出すよう、はっきり出版社にお書きになるべきだって申しあげたんです」

「リック、どこからともなく現れたにしては、驚くほど有能じゃないか？　大事にして、オーバー・ワークさせるんじゃないぞ」

「オランダの植民者は、昔はたしかに奴隷をもっていたこともあるが、なにしろミス・レインはイギリス人だからね、ぜったいに奴隷になんかならんさ」

「女性が男性のあらゆる命令におとなしく頭をさげていた時代が、この島でも、とっくに終わっていることを祈りますわ」

「いまインド諸島にいることを忘れないでほしいな。ここの女性がいまなお非常に魅力的なのは、雄やしの木がなければココナツはできず、雄しべがなければ朝鮮朝顔の花も咲かないことを、まだ覚えているせいだよ」と、リックが言う。

「あなたは男性に依存してる女性がお好きなの？」

「男と女は、たがいに依存しあっているものさ」

「リックは東洋に長く住みすぎたから、ヨーロッパやアメリカで起きている変化を、ちゃんと評価できないんだよ……ぼくがここにいる理由も、ことによると、母国の女性たちが、最近は本能よりも理性に従うようになったせいかもしれないけどね。感情に導かれるんじゃなくて、感情を導くようになっちまったもの」

「女は竹のようであるべきだ。柔軟で、優雅で、弱々しく見えるけれども強靱《きょうじん》でなくてはいけない――そう、島の者は申しております」

リックはからかうように、テンプルに向かって頭をさげる。

「ぼくの竹の病院にもぜひ来てください。小さいけれど、とても誇りにしてるんです。リック、きみがテンプルさんを秘書に雇ったんじゃなかったら、ぼくが病院で働いてくれと頼んだところだがな」

「ミス・レインは、日記の仕事が完成しだい、誰のために働こうと自由だよ……来たまえ。夕食の用意も整ったようだ」

6

「すてきね！　珍しい花ですこと！」

青銅の燭台のろうそくの明かりにうかぶ円テーブルの上の蘭《らん》の花に、テンプルはそっと指をすべらせる。

「自分の心を隠している花は、いつも刺激的ですね――そういう女性と同じように」

アランがテンプルを見つめながら言う。けれども、テンプルは、海亀のスープから目をあげなかった。すぐまた去っていくことを自分でも知っている男性は、気楽に女性を口説けるわよね、と心のなかでつぶやきながら。

「このスープ、とてもおいしいわ」

「島の連中が満月の祭りをするときまで、この島にいれば」ろうそくの明かりのせいで、リックもいつもより優しく見える。「男たちの亀乗りが見られるよ。カウボーイの荒馬乗りに似てるね」

「赤ちゃん亀は手のひらに乗ることを思えば、そんなに大きくなるなんて、不思議だろう？」アランはほほえみを絶やさない。「自然とはこわいくらいだ」

「お医者さまにとっても？」

「アランは少年の心の持ち主でね。そのせいで、ガラス張りの病院で威張ってるより、空飛ぶお医者さまでいたいんだよ。資格なら申しぶんないんだよ、ミス・レイン」

「好みの問題さ。リック、きみだって、アムステルダムのオフィスのために、きみの島をあきらめることができるかい？」

「ここはわたしの故郷さ。人は誰しも、血のなかに過去をもっている。そして、わたしのルーツはここなんだよ。ライデンにいたころ、わたしのルーツは血を流していた……」

つらい思い出が、深いしわを顔に刻む。リックはしばらくのあいだ黙りこんだ。ワインが海老の焼きものといっしょに食卓に出る。竹の葉に包んだ円筒形のご飯が続く。葉をむくと、笹の香りがぱっと匂った。

「これはうまい」アランは子どもみたいに喜んで、ご飯を食べる。「このオランダふう東洋料理をどう思います、テンプル？」

「島の人たちの考えだしたお米料理ってすてき。たしかに伯母がよくつくってくれたお米のプディングとは大ちがいね……」

ワインを飲むテンプルのはしばみ色の瞳が、ろうそくの光にきらめいている。伯母や従姉妹たちが、いまのわたしを見たら、なんていうかしら？　わたし自身さえ、まだ、どこか非現実的な感じがしてるくらいですもの。

「あんなふうに微笑しているとき、ミス・レインは何を考えているんだろうな？　女性はいちばん神秘的な生きものだよ――医者にとってさえも！」

「ぼくの考えじゃ、ミス・レインは、自分を招く神秘の手のことを思いうかべてるんじゃないかな――たとえ身震いしながらでも、女の人は、その手についていくしかないらしいよ……」

リックの深い声には、もっと別の意味がこめられているような気がしてならない。テンプルは目をあげることができなかった。さいわい、男ふたりの話題は、島の問題に移っていった。

ランジの特製のデザートを食べると、応接間に戻ってコーヒーを飲む。庭園の奥から、もの悲しい笛の音がきこえてきた。話題は、リックが虎の子が大きくなっても、きっと慣らしてみせるといったことから、人生論に移っていく。

「人間にたいしてだって同じことさ。信頼するのは賭じゃないか」リックはひざの上の虎の子を撫でながら言う。「ほほえみの裏に何がひそんでいるか、誰にも確信なんかもてやしない。いちばん美しい歯が、いちばんよくかみつくって諺もある」

「それが人生じゃないか」アランは笑った。「ぼくは相手がどう反応するか、はっきりわかっているのより、少し、はっきりしないほうが好きだな。人生はドラマなんでね、せりふや感情があらかじめ指定してあるお芝居じゃないんだから」

「じゃあ、きみは、運命を信じてないんだな？　きみは東洋に住みついて仕事をしてるくせに、いぜんとしてアメリカ流に考えたり感じたりしてるわけか――目を過去にではなく、未来に向けて」

「誰も過去には住めないんだぜ、リック。過去がぼくらに文明の遺産を与え、また、ある種の偏見を植えつけることは認めるよ。でも、誰ひとり、うしろ向きには歩かない。明日に目覚めるんで、昨日に目を覚ますわけにはいかない。明日は希望なんだよ、リック。昨日はしばしば後悔に染まっている。そして、いつまでも後悔にとらわれていると、孤独になってしまう」

「孤独が愛人になり、いとしい罪になっていく――きみたち、落ち着きのないアメリカ人には、孤独のよさがけっしてわからないらしい」

「過去のこだまに満ちた古い宮殿に、ぼくは住めないだろうという意味なら、まさに、そのとおりだな……ミス・レイン、リックの博物館をどう思う？」

「わたし、この島に来て、まだいくらもたっていないんですもの。見るものすべてに、ある意味と、ある美しさを感じるんです」

わたしは田舎町に住んでいましたから、こういう生活は一度も味わったことがありませんでした、とテンプルは言いたかった。夜を平和が支配し、夜の影のように暴力が忍びよってくることも、まるで知りませんでした。海の暴力も、山の暴力も、ひとりの男を孤独な夢想に閉じこめてしまうほどの思い出がありうることも、知りませんでした。わたしも、たしかに夢を見ましたが、それほどの情熱はこもっていなかったことが、ここに来て、はじめてわかりました……。

テンプルはこうした思いをひとことも口に出さなかった。はずかしくて、自信がなく、いまなおリックの血管を流れている情熱を知りすぎていたので。リックは皮肉な目で自分を見て、皮肉に苦笑するだけだろう。

「ここに来て一週間になるのに、まだ、孔雀を見たことがないんです。鳴き声はよくきこえるし、昨日なんか金色の羽根も拾ったんですけど……」

「交尾期には人目を避けるんだよ」とリック。「ぼくなら隠れ場所を知ってるから、忘れないで声をかけてくれよ。求愛のダンスは、きみもぜひ見ておきたまえ。自分の選んだ雌のために舞う雄の孔雀の姿ほど、誇り高く美しいものはないからね」

「雌の孔雀をあんなに地味につくるなんて、自然は不公平だと思うわ」

アランがゆったりと籐《とう》椅子にかけて、自分を見ているのがわかる。派手な従姉妹たちのそばで大きくなったために、テンプルは、自分の魅力に、まるで自信がもてなかった。ニックにすがりついたのも、自分に目をとめてくれたことへの感謝からだったかもしれない……。

「ぼくはときどきこう考えることがある——きらきらと人目を引く女性より、もの静かな女性のほうが、より男性を引きつけるものだって」

アランがもの思いに沈んだ口調で言った。視線がテンプルの首から肩へ、肩から二の腕へとおりていくのが、はっきりわかる。体がこわばっていく。ふいに、テンプルは立ちあがった。

「もう遅くなりましたわ。朝寝坊をして、遅刻してしまったらたいへん」

「例のイギリス人秘書気質《かたぎ》ってやつかい？　タイプは正確で、最後のセミ・コロンまで忠実にたたくっていう……ぼくが茶屋まで送っていこう」

アランが立ちあがった。テンプルのためらいに気づいて、おもしろがっているみたいだ。

「ありがとう、ドクター」

リックも虎の子をひざからおろして立ちあがる。

「肩掛けはもってきただろうね？　夜は気温がさがるから、冷えこむぞ」

「わたし……」テンプルは唇をかんだ。何ものかに脅やかされて、走って逃げたためにスカーフをなくしてしまったなんて、やっぱり言えない。「家を出るときは暖かかったものですから、わたし……」

「肩掛けのことなんか思いつきもしなかったわけか。ちょっと待ちたまえ、ミス・レイン」

リックは大股に応接間を出ていった。

「おかしなやつだ……インド諸島に何年住んでも、自分のなかに閉じこもるオランダ人気質がぬけない。リックの下で働くのは楽しいかい？」

「楽しいお仕事よ」テンプルは答えをはぐらかす。とたんにアランの目が光った。「ヘルデンさんはほとんど一日じゅう、宮殿にいませんもの。わたしがわたしの仕事のボスなんです」

「リックはわかりにくいやつさ。でも、それも、つらい経験をしたことからきてるんでね。少年のころ、ここにいて、日本軍の侵攻にあい、戦後の内戦に巻きこまれて——母親を亡くしたんだ。ふたりが住んでいた古い植民地時代の屋敷が焼け落ちたとき、母親は二階にいたんだよ。リックはまだ少年だったが、母親を助けだそうとして、ひどい火傷《やけど》を負ってしまった。ライデンに連れ戻されたとき、向こうで整形手術を受けたんだが、左目はとうとうだめだった——海賊みたいなアイ・パッチをつけるようになった理由は、それなんだよ」

心がきゅっと縮まる。燃える家の炎をくぐって母を助けだそうとする少年の姿が、くっきりと心にうかぶ。父、母、許婚者《いいなずけ》と、この土地は三度も愛する者を奪ったのに、それでもなお、まるで魅入られたように、ここで暮らしている男……。

「どうしてここに住んでいるのか、きみには不思議なんだろう？」

テンプルはうなずく。

「ここには、こういう諺がある——一度虎に乗った者は、もう、けっしておりることはできない。人を愛することも、土地を愛することも、虎に乗ることなんだよ」

「ずいぶん残酷にきこえるわ。そんなふうになるなんて……」

アランがテンプルに歩みよったとたんに、リックが何か鈍く光るものを手に戻ってくる。テンプルはあわてて一歩うしろにさがった。リックがふたりのことを親密すぎると思うかもしれない——まだ会ったばかりだというのに。

「これで寒くはないだろう」

リックがインド絹のショールをテンプルの肩にかける。赤いチューリップの色だ。もの問いたげな目でテンプルを見つめる。まるで、いまにも抱擁しそうな男と女の姿を見て、自分の孤独に気づいたかのように。ショールには、かすかに香水の残り香があった。

「赤い絹を羽織っていると、きみはお気に入りの女奴隷の絵そっくりだよ」と、アランがつぶやく。

「ありがとうございます。明日、おかえしします……」

「きみがもっていたまえ。このあいだチャイ王子が来たとき、若い女を連れていてね、その女が忘れていったものさ。ひとつくらいなくなっても気がつかないほど、いっぱい絹をもらってるんだろう」

テンプルは唇をかむ。リックが愛したふたりの女性のどちらかのものだろうと思いこんだ自分に腹を立てて。ただの、王子の愛人のショールだったなんて！

「おやすみなさい、ヘルデンさん」テンプルは冷たい目でリックを見つめる。「ぜひ孔雀を見せてください——あなたのお暇なときに」

リックは冷たく頭をさげ、林の中を急ぐアランとテンプルを見送っていた。アランと提灯を手に林に入ると、まるで別の時代に入っていくような感じがする。静寂を破るのは、田からきこえる遠い蛙の合唱だけだった。

「孤独な人ね、あんな孤独な人に会ったことないくらいよ」

「恋人が死んだ事故が忘れられないんだろうね。マルタの死で自分を責めている——リックも虎に乗って、おりられなくなった男のひとりさ。おりたら、自分の夢を引き裂かれることになるんだから」

「そうね」

テンプルの答えは、ほとんどききとれないくらいだった。木立のあいだで、蛍《ほたる》がちらと光った。

「きみはほかの人の痛みを、自分の痛みとして感じるたちなんだね、テンプル？」

アランが立ちどまった。長身が闇のなかに、咲き乱れる夜顔《よるがお》をバックにうかびあがる。夜顔の花言葉は——不実な恋人を呼び戻す、だったかしら？　テンプルは苦笑してしまう。

「ええ、わたし、感じやすいおばかさんなの。ルムバヤの男がわたしを傷つけたものだから、傷ついた人に同情してしまうのね」

「ただ、同情だけかな？　リックは男のなかの男だし、ここでの権勢はたいしたものだ。きみはまた傷つくかもしれないぞ……」

「もうおっしゃらないで！」

テンプルは身を引き、自分で背中を木に押しつけてしまったかたちになる。アランはチャンスを逃さず、テンプルが何もできないうちに額にキスしてしまう。

「そう心配しないで――ぼくは人のハートを破るようなたちじゃないよ」

「わたし、もう、二度とくりかえしたくないの」

相手を避けようとするテンプルを、アランがそっと押し戻す。

「ルムバヤの若者は、きみのハートを破ったの？　それとも、ただ、幻滅させられただけなの？」

テンプルはため息をつき、リラックスして木にもたれる。ドクターとふたりだけでいても、ほんとうは、少しもこわくないし、話をしていてもふたりのあいだに緊張がみなぎったりしないことも、そういう安心感を与えてくれるドクターの目も、好きだったから。夜の風が梢を渡り、葉叢《はむら》がゆれて、木の葉隠れに、きらめく星が見える。

「すべての星は、輝かしい魂なんだよ。東洋では万物がシンボリズムに侵されていてね、いちばん大切なことについては、ぼくらより深く知っているような気がする……自然によりそった暮らしをしているせいかもしれない。海と大地に。ここは、とつぜん嵐も来れば地震も起きる。人生は、ここでは、ドラマチックなんだよ」

「だから、アメリカにいると、ここに来たくてたまらなくなるのね？」

「息がつまりそうになるからな」

「ご家族はどうなの？」

「ありがたいことに、ぼくは自由思想家の母をもっていてね。姉妹たちはとっくに結婚して、甥《おい》やら姪《めい》やらを何人もつくってくれたし」

「あなたは、結婚なさるつもりはないの？」

「基本的な欲求とさえ言えるね。このあたりにいる男たちは誰もそうさ。が、しかるべきパートナーを見つけるとなると、実に容易じゃない。若いうちは、りんごの木をゆさぶって、たやすく、まず最初に落ちたりんごにかぶりつく。が、しだいに年をとると、枝に最後までくっついているりんごがいちばん甘いことがわかってくる……きみには蜜があるよ、テンプル・レイン――ちょっと歯をたててみたくなるような」

「わたしのほうこそ、歯をたてますわよ。恋愛から解放されて、やっと見つけた心の平和を乱そうとたくらむかたには、誰にたいしても」

「おやおや」アランは声をたてて笑った。「本気でそう思ってるのかい？　愛のない生活は孤独なものだよ——リックを見ただろう？　たぶん、けっして結婚しないだろうが、最後まで自分の夢を生きぬいて、さびしい生涯を終えることになるのは目に見えている……」

リックが宮殿の大きな人気《ひとけ》のない部屋をさまよい歩いている姿を思いうかべて、テンプルは思わず身震いする。ライデンでマルタと語りあったことを、ふたりでたてた計画を、こよなくたしかなものに思えた幸福を回想しながら、リックはあの青と金の部屋に入っていく。椅子のきしみも、ブラインドのそよぎも、リックには実在する亡霊のしわざと思えてくるのだろう。

「寒いわ」とテンプルは言う。「帰りましょうか、アラン？」

「ぼくの名前を呼ぶ、きみの口調も気に入ったな」

「あなたがたアメリカ人って、どうにもしようのないかたたちね」

「きみたちイギリス娘のほうこそ、冷たすぎるぞ」

たちまち、ふたりは茶屋に着いた。

「じゃあ、明日、竹の病院に来る約束を忘れないで。たぶん、きみをぼくの飛行機に乗っけて、ひと飛びできると思う。ジャワ海の島々は、空から見ると、実に不思議な形をしているんだよ——もっとも、きみはこわがるかな？」

「平気よ——あなたの飛行機に自動操縦装置がついていればですけど」

「きみたちイギリス娘は、実に……挑戦的なんだな」

テンプルは茶屋の網戸を開けてふりかえった。

「おやすみなさい、ドクター・キンレイド」

「おやすみ、テンプル・レイン」

7

診療所は村にあった。村人たちの家と同じにやしと竹でできていて、屋根は黄金色の葉でふいてあった。ベランダの籐椅子には数人の患者が横になっていて、階段をのぼるテンプルに、いっせいに好奇の目を向ける。

「セラマト・シアン《こんにちは》」

椅子のひとつに座っていた男の子が、首のもげたおもちゃの虎をテンプルの足もとに投げつける。テンプルは拾いあげて、その子に歩みよった。涙が頬を伝い、男の子は濡れた茶色の目で、テンプルをじっと見あげる。

「シアパ・ナマム？」名前はなんていうの、とテンプルは島のことばでたずねる。けれども、見たこともない服を着た肌の白い女の人が相手では、はずかしさが先にたってしまったらしい。男の子は黙っている。

「トファンでしょ？」テンプルは微笑をうかべて、虎の頭を拾いあげる。「この虎にも包帯をしてもらわなくちゃね」そっと子どもの頭の包帯に手をおいて、病院の入口を指さす。

「虎も薬《オバト》がいるわね」

「オバト」と子どもがおうむがえしに言う。とつぜん、ぱっと笑顔になる。「トファン、悪い」

「そうよ、トファン。いけない子ね。わたしがこの虎をドクターにみてもらうわ」

トファンは長いまつ毛をまたたきし、くすくす笑うと、はずかしさのあまり顔を枕に埋めてしまった。

ドアを開けて、ただひとつの診療所に入る。蚊帳をかけたベッドが数台とロッカーがあるだけの白い清潔な部屋。天井に扇風機が回り、病人ふたりはぐっすり眠っているらしい。

突きあたりのドアを押して、エーテルとクレゾールの匂いのする廊下に出る。ドアがふたつ。手術室と薬局だった。テンプルは薬局のドアをノックする。「どうぞ、お入りくだ《シラカン・マス》さい《ク》！」

ドアを開けると、白衣のやせた男がふりかえった。テーブルには薬びんがいくつか、小さな計量秤、それにブンゼン燈がおいてあった。周囲の竹の棚には、ラベルを貼った薬びんがずらりと並んでいる。青年は微笑しながらお辞儀をする。

「セラマト・ダタン《ようこそ》」と言って、自己紹介をしてくれる。病院の看護人兼薬剤師のクン・ランです。ドクターは酋長《しゅうちょう》のところへ行っているが、まもなく帰ってくるはずですよ、と。「お茶はいかがです？」

「いただくわ。でも、その前に包帯をいただけない？　トファンの虎を直してやりたいの」

「わたしに任せていただけませんか」

クン・ランはおもちゃを調べると、頭をテープで胴体にはりつけ、包帯を巻いて、たちまち手術を終わってしまう。

「トファンは回復期で、いらだちはじめたようです。乳様突起の手術をしたのですが、どうも、甘やかすくせをつけてしまったらしくて。さあ、これで、虎も手術後に見えますよ」

「ありがとう、クン・ラン。さすがに、みごとなお手並みね」

「お茶をベランダで召しあがりますか？」

「そうしてちょうだい……タイからいらしたの、クン・ラン？」

「おっしゃるとおりです。わたしの国にいらしたんですか？」

「いいえ。でも、とても魅力的で、絵のようなお国なんですってね」

「きっと《王様と私》をごらんになったんでしょう。とても華やかな映画ですが、シャムはアンナの日記のころよりはるかに進んでますよ……そういえば、あなたも、ファン・ヘルデンのどなたかの日記の仕事をしてらっしゃるとか……」

「ええ、二十四冊もある日記をタイプして、原稿をつくってるところなの。ヘルデン家の先祖で、ポリャーナというかたが書いたものよ」

「インド諸島がオランダの金の壺だったころのお話ですね」

「まあ、あなたから見れば、そういうことになるかもしれないわね」クン・ランの口調には、かすかに憎しみがこもっている、とテンプルは思った。リックの名前が出るまでとは、どこかちがう。「とても華やかな時代なのよ。わたし、日記の仕事を楽しみながらやってることを認めるわ。それに、ここでの生活もね」

「ああ、茶屋にお住まいでしたね」クン・ランはふと視線をそらす。「さて、お茶の支度にかからなければ。小さな餅をそえて、ベランダにお運びします」

「テレマ・カシ。わたしの《ありがとう》のアクセントはおかしくない？」

クン・ランは微笑をうかべてお辞儀をする。テンプルは薬局を出て、ベランダに向かった。

「おかしいや！」

包帯をした虎を見たとたんに、トファンははずかしがり屋をやめてしまう。頭上にかかげて、ベランダのみんなの微笑を誘った。

「おかしな虎ね」

テンプルも相づちを打ち、トファンの長椅子の足もとに座る。そのとき、アランがベランダの階段をのぼってきた。日焼けした肌に、白いシャツとカーキ色のスラックスがよく似合う。

「やあ、こんにちは！」アランはうれしそうに微笑して歩みよった。「留守をしてごめん。酋長とどうしても話をしなくちゃならなくなってね。奥さんのロンタは四十歳近くて、こんどが初産なんだ。奥さんのほうはびっくりするほど落ち着いてるのに、酋長ときたら、茨《いばら》のむしろに座ってるみたいな騒ぎようでね――まるで、赤ん坊を産むのは酋長のほうじゃないかと思えてくるほどなんだ」

「奥さんを愛してる証拠ね」

「ドクター」トファンが虎のおもちゃをアランに見せる。

「ワニタ・メンベルトゥルカン」

「女の人が治してくれたのかい？　テンプルさんという名前だよ《ナマンヤ・イナ・テンプル》」

「テンペル」トファンは首をかしげて、テンプルに笑いかける。「テンペル、チャンティク」

「きみは美しいってさ」と、アラン。

「若い男性からそう言ってもらえるのは、とてもすてきね。テレマ・カシ、トファン。あなたも大きくなったら、女の子にもてて、たいへんよ」

　クン・ランが紅茶のセットをのせたワゴンを押してベランダに現れる。アランはベランダの患者全員をテンプルに引き合わせてくれる。お茶のあと、アランに送られて、いっしょに丘の道をのぼって茶屋に向かった。

「島の連中は立派だろう？　彼らは、幸福は自分自身の内部から生まれるものだと信じて、日を送っているんだよ……ただ愚か者だけが、幸福を自分以外のところに求めるって」

「みんな、愛し、与える能力をもっていて、人をうらやんだりしないのね……なんだか、バヤヌラの生活のとりこになってしまいそう……」

「明日のことを思いわずらっちゃいけないな。一日一日を、大切に生きることさ。蓮の砂糖漬けを味わうように、毎日を味わいつくすこと――幸福のひとしずくも逃がさないようにね。ぼくの患者に会って、きみは幸福だったろう？」

「ええ、とりわけトファンね。わたし、甘ったれの子どもに弱いのかしら？」

「美しいって言われたら、悪い気はしないさ」

テンプルは声をあげて笑い、顔を仰向けて胸いっぱいに茶畑の匂いを吸いこむ。そのとき、怪物のうめくような声が谷間から這いのぼってきた。

「あの不思議な音は、いったい何かしら？」

「ぼくを呼んでるんだよ」アランは煙草を捨てて靴で踏みにじった。「酋長の家の者がほら貝を吹いて知らせてるわけさ。ロンタの陣痛がはじまったか、酋長がまたもや不安にとりつかれたか、どちらかだろう」

「ご幸運を祈るわ、アラン」

「うん。赤ん坊のほうだといいんだが。きみひとりでだいじょうぶかい?」

「もちろんよ。わたしは赤ちゃんじゃないもの!」

「きみは無邪気でいいな」アランはテンプルの肩に手をおき、そのまま腕へとすべらせていく。「女の無邪気ってやつは、男にとって警戒すべきものさ。男を武装解除させといて、けっきょくは魅惑してしまうんだから」

「それじゃ、おたがいさまね。魅惑されたふりをして、警戒心をとり除いて、けっきょくは男のほうが女を武装解除するんじゃなくて?」

そのとき、もう一度、ほら貝が谷にひびき渡った。

「きみを武装解除させる時間がなくなったよ。テンプル、明日、いっしょに泳がないか? ロンタの出産は予定より遅れそうだから、時間ができると思うんだ。酋長の手前、きみを飛行機に乗せて飛びまわれないのは、まことに残念しごくだけれど」アランはテンプルの手をとって、軽くキスする。「朝、浜辺で待ち合わせよう、いいね?」

「いいわ」

「脈拍は異常なし、か」

「お断わりしたはずよ、ドクター。わたしは鎧《よろい》を着てますって」

「明日は鎧はやめたほうがいいな。腰布《サロン》のほうがはるかに状況にふさわしいよ」

「水着のほうがはるかに安全だと思いますけど」

「気をつけろよ、きみ」アランが笑いながらいう。「しりごみする女は、男のなかに眠ってるハンターを起こしちまうぞ」

「お気の毒な酋長さんが気が変になるわよ」テンプルは手を引っこめる。「おやすみなさい、アラン」

「セラマト・マラム《おやすみ》」アランは手をふりながら、丘の道を駆けおりていった。テンプルはまだ微笑をうかべたまま、家路をたどる。

熱帯の夜は、黒いマントをかぶせるように、さっとおりる。さっきまで、うるさいほど鳴き交わしていた蝉《せみ》の声も、ぱったりと途絶えた。茶屋に戻るには、宮殿のまわりの果樹園を通りぬけなくてはならない。テンプルは懐中電灯をもってこなかったことを悔やんだ。まもなく、昨日の夜と同じように、テンプルははっきり、果樹園のなかで人が動いた気配を感じとる。想像力の産物にしては、あまりにもはっきりと、憎しみに満ちた視線だと思う。

「誰かそこにいるの?」

返事はない。自分の足音と虫の声のほかには、何ひとつきこえていない……テンプルは、果樹園の下生えに足をとられながら、駆けだしていた。ふいに、何かが足首にかかり、テンプルは転倒する。木の幹に頭をぶつけて気を失う直前に耳にしたのは、自分自身の悲鳴だった……。

強烈な匂い。テンプルはあえぐように息を吸いこみ……自分が長椅子の上に横たわっていることに気づく。目をぱちくりさせる。それだけのことで、頭が割れるように痛い。

「ああ……頭が！」

「きみはひどく頭を打ったんだよ、お嬢さん」

力強い腕が肩を抱いて起きあがらせる。テンプルはうめいた。何かが口に流しこまれ、胃がかっと熱くなる。

「アンモニア？」

「まさか。ウイスキーだよ、おばかさん」

意識が戻ってきて、男の顔が、ようやく焦点を結ぶ。忘れるはずのない片目をおおう三角形のアイ・パッチ。

「まあ……あなたでしたの！」

「ぼくがゴルフのクラブできみをなぐったわけじゃないぜ……この傷は洗っといたほうがいいな。クッションにもたれてなさい。消毒液をもってくるから」

テンプルは言われたとおりにして、大股に部屋を出ていくうしろ姿を見つめる。なぜか、林で気を失っていた自分を見つけてくれたのがリックだとわかっても、少しも驚いていない。リックはどうやら、しぶしぶながらも、守護者の騎士を務めるめぐり合わせなんだわ……そう思っただけだ。

「痛っ」

弱々しく微笑しただけでも頭が痛んだ。リックが戻ってきて、傷口を洗ってくれる。

「少しは痛みがやわらいだかい？」

「ええ。ずきずきはしなくなりました」

「それはよかった。じゃあ、どうしてひとりで果樹園を歩いて気を失ったのか、説明をきこうか」

「わたし……茶屋に帰るところでしたの。ドクター・キンレイドの病院でお茶をいただいて。送ってもらったんですけど、ドクターは村に呼び戻されて……きっと蔓《つる》に足をからまれたんだと思います。したたか、木に頭をぶつけてしまって……」

「そんなに急いでたのかい？」

「ええ。もうまっ暗でしたし、それに、何か足音がしたような気がしたものですから。あなたの足音でしたの？」

「きみを脅かしたのは、ぼくかってきいてるのか？　虎の子が果樹園に出ていったものだから、呼びにいくと——あいつがきみの顔をなめまわしてたってわけさ。むしろ、ぼくのほうが、きみに肝をつぶされたっていったほうがいいんじゃないかな」

「ほんとうですの？」

「夜には、何かしら、音がきこえてくるものさ。この島には、誰ひとり、きみを傷つけようなんて思うやつはいない。だから、自分の想像におびえて、走りだしたりしちゃいけなかったんだよ」

「以後、気をつけますわ」

「ぼくも、ここで食事をとろう……何か食べて、きみのめまいが治ったら送っていこう——それとも、泊まっていくかい？」

「そんなこと、できますの？」

「もちろんさ」

「だったら、泊めてください」

「イギリス人は、何をするにしても、きめるのは自分でなくちゃ気がすまないんだな」リックの口のわきの皮肉なたてじわが苦笑で深くなる。「オランダ人のなかの悪魔はゆっくりと目覚めるということを承知の上でかい？」

「もし目覚めたら、どうなりますの？」

「オランダ人にはオランダ人のやり方があってね——女のイエス・ノーなど問題にしないんだよ」

「あなたって、ロウレンス・ファン・ヘルデンの時代の人みたいなところがあるようですね」

「そうかもしれない……そしてきみには、〝手袋の花嫁〟の時代の娘みたいなところがあるようだ」

「ずいぶん昔にポリャーナがやったことの一部は、わたしも経験してるんですもの——花嫁になるために、はるばるインド諸島まで来たわけですから……」

「それなのに、何を考えているのかわからないオランダ人の秘書になったってわけかい？」リックはあざけるように笑って立ちあがった。「ランジに、きみがここで夕食をとることを伝えてこよう」

「あの……」

「なんだい？」

「アランはこの宮殿には泊まりませんの？」

「いいや。竹の病院のそばにちっちゃな竹の小屋があってね。誰かが自分に用があるときに備えて、そこに泊まるんだよ」

そのとき、谷間に住む人みんなを真夜中に起こしかねない音で、またもやほら貝がひびき渡った。

「アランがいないときに病人が出たら、どうなさるの？」

「クン・ランがいるさ……それに、このぼくも」

リックは皮肉っぽく一礼すると部屋を出ていった。とたんに、部屋が空っぽになってしまったような感じがする。夜の闇をぬって、遠い太鼓の音がきこえてくる。と、ふいにテンプルは、その音こそ熱帯のスコールの音だと気づく。

スコールは溺死者《できし》を出したこともある。数時間ぶっ続けに降り続いたこともある——そしていま、テンプルは広大な孔雀宮のなかで、ひとりぼっちだった。

8

雨は食事のあいだじゅう降り続いた。リックは長椅子のそばにテーブルをセットさせる。まだ頭は痛いが、料理はとてもおいしく、食欲をそそった。ランジが食後の果物とコーヒーを運んできて、庭園のひとつが水浸しになっていると報告する。

「排水溝はいつもきれいにしとけと言ってあったはずだぞ」

リックはすぐさま席を立って、豪雨のなかに飛びだして行った。とつぜん、これほどの雨になるなんて。テンプルは、この美しい島にひそむ荒々しい力のことを思わずにはいられない。火山もあれば、密林もあるのだから……。

やっとリックが帰ってくる。とたんに古びた部屋にも生気がよみがえった。髪が濡れている。テンプルはコーヒーを注いで、リックがいっきに飲みほすのを見守る。

「誰ひとり目を離せないんだから、まったくいやになるよ。島の連中は、こっちが目を光らせていないと、すぐ手をぬくんだから」

「ずいぶんよく降りますわね……ひと晩じゅう、降り続くんじゃないかしら」

「まず、まちがいないな」リックはマンゴスチンの皮をむき、ひときれ切りとってテンプルに差しだす。目が笑っていた。「宮殿は空き部屋だらけだから、きみぐらい泊められるさ」

「でも……」

「なにも、ぼくのパジャマを着て寝るのははじめてってわけじゃないしね。それとも、独身の男の家で一夜を過ごしたと噂になるのがこわいのかな？」

「もし、このまま雨があがらなければ、ほかにどうしようもありませんわ」

「汽船に乗るときも、ほかにどうしようもなかったんだったね……ああ、あのときは、きみは男性のつもりだったんだっけ」

「お願いですから……」

「きみの願いっていうのは、まわりの連中がみんな理想的な人間であってほしいっていうんじゃないのかい？」

「そんなこと、無理ですわ。友だちに欠点がないことを期待するなんて、むしろ、少し残酷じゃないかしら」

「ルムバヤの若者には、それを期待してたんじゃないかい？」

「いいえ、ちがいます。ニックが約束を守って、わたしと結婚することを期待してただけなんですもの。ほかの女のことだって許せたと思います」

「たしかかい？　ひとりの男が、ふたりの女を同時に愛せるなんて、いちばん許しがたいことだと考える女もいるだろう？」

「愛ですって？　あんなもの、愛なんかじゃありません！」

「欲望と孤独――それだって、愛の形をとることもあるさ」

「じゃ、ロマンチックな愛にたいする女性の欲求はどうなりますの？　女性は、一度は星に触れてみたいんです。たとえ、けっきょくは地上におりてこなければならないにしても」

「きみは若いな！」

ふいに、リックの顔がこわばる。立ちあがって戸棚からデカンタとグラスをとりだし、ワインを注いで、ひとつをテンプルに手渡す。雨脚が激しく、いっそうふたりの沈黙をきわだたせてしまう。ランプの明かりが、あまりにも柔らかだった。

「そういえば、ポリャーナのもっていたものを見つけたよ。きみも興味があるんじゃないのかな」

リックは花々に囲まれた孔雀の絵のある戸棚を開けて、楕円形の箱をとりだす。テンプルは箱の絵に見入った。長い歳月に色あせてはいるが、たしかに結婚式の場面が描いてある。

「昔のオランダの結婚の箱でね」ふたについた鍵をまわして箱を開けると、音楽が鳴った。

「オルゴールつきの宝石箱さ」

「この箱のことね、ポリャーナが日記に書いていたのは。いつもベッドのそばにおいていたんですって。ロウレンスの持ち船の一隻で航海をしたときにも、もっていったと書いてあったわ。あら、何か絹に包んだものが入ってますけど」

「ほう」

リックが小さな包みをほどくと、オレンジとエメラルド色に光るものが現れる。銀のくさりのついた卵型の宝石の首飾りだった。アンチックで、とてもすてきな、一度はポリャーナ・ファン・ヘルデンの胸もとを飾った首飾りだった。

「月長石《ムーンストーン》――人を魅惑する宝石だな。こういう女性もいる……」

テンプルは宝石に見とれているふりをする。顔をあげられなかった。結婚するはずだった娘の代わりに、大切な品物を見せてくれているリックの表情には、皮肉と怒りがこもっているにちがいない。

「首飾りをつけてみないか」

ふいに、リックが言う。テンプルは目をあげる。が、嘲笑の影はなかった。長椅子のそばに来て、首飾りをとめてくれる。リックの手のぬくもりが、まだ残っていた。

「来たまえ」

リックはテンプルの手をとって立ちあがらせ、壁の鏡の前に連れていった。リックの長身も鏡に映っている。虎のような優雅さがあった。

「月長石をもっていたいかい？」

なにげなくたずねる。テンプルは鏡のなかのリックを見つめる。戸惑いとはずかしさがあった。

「月長石がもう一度若いイギリス娘の首を飾ることを、きっとポリャーナも喜んでくれるだろう」

リックの口もとに、一瞬、微笑がうかんで消えた。

「わたし……とてもいただけませんわ」

テンプルが口ごもる。とたんに、リックはテンプルの両手をつかんで、自分のほうを向かせる。テンプルは両手を離そうともがきながら、リックの顔にうかんだおそろしいような表情を見ていた。

「贈りものは誘惑の第一歩だとでも思ってるのか？」

「月長石はあなたのおうちに伝わるものでしょう？　それを、ほかの者にやってしまおうとなさるのは、もう二度と結婚なさる気がないからなのね……」

あとに引くのはもう手遅れだった。リックの顔が暗くなり、痛いほどテンプルを抱きしめる。

「やめて！」

「やめてだと、テンプル？　誰がぼくをとめる？　ここはぼくの家で、きみとぼくのほかには、ぼくの召使いしかいない。しかも外は大雨だから、もしきみにキスして、きみが悲鳴をあげたとしても、誰にもきこえやしないんだぞ」

片腕でテンプルを抱き、片腕をテンプルの頭にまわす。リックの皮肉な唇が自分の唇に触れると思うだけで、息づまる思いだった。リックがテンプルを見おろしている。乱れた髪が額にかかり、片目にはあのアイ・パッチがあった。とつぜん、リックは声をあげて笑い、テンプルを離す。

「そんな目をするのはやめたまえ。若い娘には、ぼくのアイ・パッチがいかにも悪者めいて見えることくらい、よく知ってるさ」

リックは横を向くと、香料入りの煙草を一本とって、いらだたしげにライターで火をつける。

「きみに月長石をあげようと考えたのはね、日記の仕事のできがいいからさ……それに、ぼくがつけるわけにもいかないだろう、お嬢さん？　だから、ほんとうは、わざわざ首飾りをきれいにみがいて、きみに受けとってもらおうと思ったわけさ」

からかうような調子が声にこもっていると、テンプルは思う。けれども、こちらに向いているのはアイ・パッチをつけたほうの横顔で、表情は読めなかった。

「もし、わたしが、あまり感謝していないように思われたのなら……それは、わたしが贈りものをいただくことに慣れていないせいです、ヘルデンさん。まして、月長石のプレゼントなんて」

「かわいそうなみなしごなんだな！　きみは優しさに飢えてるんじゃないかい？　まるで、あとでけとばされやしないかと、クリームの皿をさしだされてもしりごみしてしまう子猫じゃないか……」

テンプルは急に体から力がぬけていくのを感じて腰をおろし、リックの大きなオランダ椅子の肘にもたれる。時計が時を打つのにぼんやり耳を傾ける。伏せたまぶたの裏に、熱い涙がこみあげていた。

「頭が重そうじゃないか、お嬢さん。そろそろおねむの時間じゃないか」

テンプルは顔をあげる。いっぱいに目を見開いた顔には血の気がなかった。

「月長石を、ありがとうございました。これを見るたびに、きっと、バヤヌラを思いだしますわ」

「まるで明日にでも出ていきそうな口ぶりじゃないか。そんなに驚かせてしまったのかな？」

リックが呼び覚ました感情をどう名づけたらいいのだろう――魅惑なのか、恐れなのか、それとも、そのふたつのないまざったものなのか？

「ぼくを傲慢だと思うかい？」

「中国人は、あらゆる男性に虎がひそんでるっていいませんでした?」

「虎と、ろばと、ナイチンゲールさ」リックは皮肉な微笑をみせる。「きみのベッドは用意させてある。実際、よく眠らなくちゃいけないって顔をしてるぞ……」

テンプルは窓を見て、しのつく雨の音に耳をすます。夜をこめて降る雨と冷たい風に、木々がゆれる。とつぜん、テンプルはぶるっと震えた。

「雨は朝までやまないよ、お嬢さん。それに、もう一度、あのなかに出ていく気は、ぼくにはないしね。だから、ついて来たまえ」

リックが煙草をもみ消す。テンプルは立ちあがり——とつぜん部屋がぐらりと傾いたように感じた。強い腕が支えてくれなかったら、倒れていたところだった。リックの腕のなかで、褐色のがっしりとした首筋のすぐそばで、情け容赦のない感じに見える唇から何センチも離れていないところで、テンプルは気が遠くなりそうだった。

「わたし……だいじょうぶです……」

どきどきしているのは、頭なのか、心臓なのか、よくわからない。リックはテンプルのことばに耳を貸そうともしないで、軽々と、まるで子猫のようにテンプルを抱いてホールを横切り、階段をのぼっていく。

いま、階下のホールは大理石の海だった。影があり、大きな青銅の銅鑼《どら》のきらめきがあり、慈悲の神の彫像があった。その昔、このホールで、ジャワの王子が踊りを見たこともあろう。踊り子のひとりが王子の目にとまり、踊りが終わると御前に呼びだされたこともあっただろう。

テンプルはねむたい目で、すぐ目の前にあるリックのあごのくぼみを見つめる。強烈で、ものに憑《つ》かれた、何を考えているのか見当もつかない男性だった。

「明日になってもまだ頭が痛いようなら、アラン・キンレイドにみてもらわなくちゃな」

大理石の廊下は、明かりに照らされて、黒い宝石のように光っている。

「木にぶつかるなんて、きっと、とんでもないおばかさんだと思ってらっしゃるわね」

「きみをばかだと思ったことなら、数えきれないくらいあるさ。さっきは、ほんとうに、ぼくがキスすると思ったようだし、ぼくの地位には、どんな娘でも自分のものにする特権があると考えていたこともあるみたいだしね」

「木にぶつかったとき、きっと、分別もなくしてしまったんですわ。あなたが、わたしにキスしようとしてるなんて思ったりして！」

テンプルははっと息をのむ。リックが片手で自分を抱いたまま、もういっぽうの手で寝室のドアを開けた。そのまま部屋に入り、大きな浮き彫りのあるベッドにテンプルを横たえる。天井の環《わ》から蚊帳がつりさげてあった。

ほんのしばらくのあいだ、リックは両手をテンプルの肩においていた。ベッドがどこまでも沈んでいくような感じがする。

「パジャマと歯ブラシはおいてある。バス・ルームは廊下に出て、ま向かいにある」

「ありがとう」

テンプルが大きなベッドのまんなかで上体を起こす。浮き彫りのある支柱は天井近くまでそびえていた。

「きみは、オランダのベッドで迷子になったみたいだな」リックがドアの前で立ちどまった。両手を密林用のズボンに突っこんでいる。白いシャツが日焼けした肌をきわだたせる。

「ぐっすりおやすみ、おちびさん」

「はい、だんなさま」

テンプルは微笑して、小さな奴隷のように頭をさげる。

「おやすみ」

リックはテンプルに会釈をかえし、さっと部屋を出ていく。扉が閉まった。いつものように、リックがいなくなると、部屋が空っぽになってしまったような感じがする。

ベッドを出て、竹の椅子にたたんでのせてあるパジャマを見つける。歯ブラシや化粧品はベッドのそばのテーブルの上だ。雨はまだやまない。バス・ルームから戻ると、降り続く雨の音をききながら、ベッドに横になった。きっとメイは、わたしが宮殿で夜を過ごしたと思うだろう。敵をつくってしまったわ、とテンプルは心のなかで言った。

ふいに、絹の掛布団をあごまで引っぱる。冷たい戦慄《せんりつ》が走った。

目が覚めたとき、あたりはひっそりと静まりかえっていた。雨は夜のうちにあがっていたが、鳥たちはまだ、おびえて巣にこもったままらしい。朝日が床に格子模様を描く。頭も軽くて、重いような感じは消えていた。

ドアを軽くノックして、ランジが入ってくる。紅茶のセットをベッドまで運んでくれる。「サラマト・パギ・メム《おはようございます》」ランジは金歯を見せてにっこり笑う。青い花模様のカップに紅茶を入れ、お辞儀をしてカップを手渡し、テンプルがゆっくりと満足そうに味わうのを見守っている。「朝食はここでとりますか？」

「いいえ、外で。太陽の下がいいわ」

「だんなさまとごいっしょに？」

「ええ」

ランジはまじまじと、無邪気な黒い目でテンプルを見つめている。テンプルは紅茶のカップに顔を伏せて、白い服を着て黒い帽子をかぶったランジが、音もなく部屋を出ていくのを待った。

そのあと、寝室をじっくり眺める。オランダのバロック様式と、熱帯の金色の竹との混合だった。絹糸で鳥を刺繍した屏風。時と共に象牙色に変わってしまったじゅうたん。そしてベッドわきのテーブルには、スリッパの形をした青銅のランプがおいてあった——まるで、このランプをこすって願いをかけなさいとでもいうように。

わたしの願いは何かしら？　テンプルは二杯目の紅茶を注ぎながら考える。宮殿の下の谷でとれた香りの高い紅茶だった。ゆっくり味わいながら、ニック・ホーラムの顔を思いうかべようとしてみる。けれども、ニックの顔はぼやけて、バヤヌラに来て知り合った人たちの顔が重なってしまう。もう、ニックのことを考えても、心が痛まなかった。ニックはすでにテンプルの人生から出ていってしまい、五年ものあいだニックを愛していると思いこんでいたことが、いまは嘘のような気がしてくる。

テンプルはベッドをぬけだし、はだしで化粧台の鏡の前に立つ。長い絹のパジャマには、ポケットに竜の刺繍があって、袖は手よりも長く垂れている。額にはくっきりとたんこぶがふくらみ、まるで腕白小僧そっくりの姿だった。

サンダルを見つけて、まっすぐバス・ルームに飛びこむ。ドアがばたんと開いて、湯気のなかからリックの長身が現れた。シャワーを浴びて、ひげを剃ったのだろう。中国風の黒い絹のズボンをはいているが、上半身は裸で、ラフな部屋着は肩にひっかけたままだ。

「おはよう」

リックはテンプルに会ってもまったく平気だったが、テンプルのほうはあわててなんとか身づくろいをきちんと見せようとする。

「おはようございます、ヘルデンさん」

リックは自分のパジャマを着たテンプルの姿をちらと見て、にやっと笑う。

「ぼくらは経済的なカップルになるな。ぼくは上着を着て寝ることはないし、きみはどうやらズボンをはかないで寝てるらしい」

「それはそうですけど」

テンプルは上着のすそを引っぱりながら答える。

「今朝は、頭の具合はどうだい？　冷たい水で冷やすといいよ。少しは引っこむだろう」

次の瞬間には、もうリックは外に出ていた。テンプルは浴室に駆けこむと、ドアをうしろ手に閉めて、やっとほっとする。白檀の香りのする石けんとシェイビング・ローションの匂いがあった。タイルに濡れた大きな足跡が残っている。風呂は模様のある大理石で、ふたりが泳げるくらい大きい。

テンプルは風呂に湯を入れ、緑の容器に入ったバス・オイルを見つける。さわやかな松の匂いがする。風呂に入り、足をばたばたやって湯を泡立たせる。狭い風呂に閉じこめられるより、ずっといい気分だ。ドアの外で騒ぎたてる従姉妹たちもいない。しかも、思うぞんぶんばしゃばしゃやって、リックの白檀の香りのする石けんをぜいたくに使えるのだから。

アランの忠告に従って、毎日をせいいっぱい楽しみ、島を出なければならない日が来ることは考えないようにしよう。ただひとつ、たしかなことがある。けっしてアルフォードには帰らないということだ。いったん翼を広げたのだから、もう伯母にも従姉妹たちにも、この翼を縫い合わさせるようなことはすまい。

テンプルはリックの大きな大理石の風呂で身を浮かせる。きみはけとばされやしないかとクリーム皿から逃げだす子猫みたいじゃないか——テンプルの気持を、リックは不思議なくらいよく知っている。考えてみれば、ほんとうは、少しも不思議ではない。リックも戦争と内乱で両親を失ったのだから。そのうえ、愛する女性を飛行機事故で失っている。だから、テンプルの苦しみがわかり、かわいそうに思って、あの月長石をくれたのだろう。

大きなタオルにすっぽりとくるまって寝室に帰る。うれしい驚きが待っていた——刺繍がしてあって、真珠のボタンがついている上衣と、島の娘たちが着る愛らしい琥珀《こはく》色のロング・スカート。それに漆塗りのサンダルがおいてある。

何度も着てみたいと思っていた衣装だった。テンプルはすぐさま、メイが着ていたとおりに、ロング・スカートを前でたくしあげ、上衣に腕を通す。ひんやりとした絹の肌ざわりが快い。震える手でボタンをはめ、サンダルを履いて、鏡の前に立つ。

髪は黒く、手首も足首も細かったから、それほど場ちがいな感じではない。とてもしなやかに見えるし、はしばみ色の瞳にもぴったり合った。月長石を首にかけるときは胸が騒いだ。絹の光沢と実によく似合っている。

ドアに軽いノックがあって、テンプルは心配そうにふりかえった。ランジが現れ、その微笑で、ジャワの衣装の着こなしがうまくいったことがわかった。

「だんなさまが言ってます。朝ごはんの用意ができたから、あなたさまに来てほしいって。ジャワのドレス、あなたさまの気にいりましたか？」

「ええ、ランジ。とても好きよ」

「では、こちらにどうぞ」

ランジはうやうやしくお辞儀をしてドアを開き、先に立って階段をおりて、戸口のひとつから谷を見渡せる、光あふれるテラスに案内する。手すりにもたれていたリックが、テンプルのサンダルの足音にふりかえった。陽光がリックの髪を赤く染めている。白のトロピカル・スーツは、完璧《かんぺき》な仕立てで、肩幅の広いリックにぴったりだった。

「なるほど、やっぱりきみは着たんだね。きみが、はたして着る気になるかどうか、どちらともいえないなと思ってはいたんだが」

テンプルはテラスを横切って、リックの横に並ぶ。絹のロング・スカートのせいで、歩き方が優雅に見えることをはっきり意識しながら。

「あなたは、わたしを挑発なさるのがお好きなんでしょう？」

テンプルは霧深い緑の谷を見おろす。雨あがりの空気は肌にひんやりと冷たく、朝日は花々の香りを呼び覚ます。あおぎりの花。朝鮮朝顔。タマリンド。ハイビスカス。野生の鹿がいっさんに林に駆けこんでいく。テンプルは胸いっぱいに朝の空気を吸いこみながら、霧にかすむ風車を見つめる。

「美しいわ。まるで魔法の国の谷みたい」

「日曜日の朝は、いつもこのテラスで朝食をとることにしてるんだよ。ここからだと、すべてが見渡せる。谷だけじゃなくて、火口も見えるだろう？　いま、霧のなかから姿を現したところさ。まるでサファイアの青だろう？」

「悲しくなるくらいね。霧の底の田が銀色に光って」

「雨の降った翌朝は、いつも霧が立つんだ。たいてい、太陽が天頂に来る真昼までには、晴れてしまうけれど」

「晴れてほしいわ。わたし、アランと泳ぎにいく約束をしたんです」

リックの視線を感じて、テンプルはかすかに頬を染める。「村の人たちは、ドクターを大好きらしいですわね？」

「アランは誰にも好かれるし、理解される男さ。来たまえ」テンプルの肘をとったリックの指に力がこもる。「朝食のテーブルが整ったようだ」

9

デザートのパパイヤを食べ終わると、テンプルは満足して椅子の背にもたれた。三杯目のコーヒーに砂糖を入れてかきまわしながら、リックが話しかける。

「ずいぶん食欲が出てきたようだね。一週間前のきみは、小鳥ほどしか食べなかったのに」

「バヤヌラの空気の魔術ですわ……孔雀を見に連れてってくださいます？」

「善良なドクターとデイトがあるだろう。やっぱり腰布《サロン》で泳ぐつもりかい？」

「あのことは思いださせないで！　孔雀を見せてくださるって約束なさったでしょ？　デイトまで、まだ一時間ほどありますもの」

「アランが二、三冊、雑誌をもってきてくれたんでね、日なたぼっこをしながら、のぞいてみるつもりなんだよ」

「でしたら、お邪魔はいたしませんわ」

テンプルはさっと席を立つ。その瞬間、何かがうなりながら飛んできて、思わず一歩、うしろに退く。テラスの階段がすぐうしろにあることなど忘れてしまって。リックが虎のようにすばやく動いてテンプルをつかまえてくれなかったら、階段を転がり落ちるところだった。

「なんて衝動的なんだ、きみは！」リックの指が痛いほどテンプルの腕をしめつける。

「あれは、はちどりで、あぶなんかじゃないんだぞ」

「痛いのはあなたの手のせいよ」テンプルはおびえていいかえす。「離してください……」

「しようがないやつだな」リックは手を離し、腕をさすっているテンプルを、顔をしかめて見おろす。「きみはまるで子どもじゃないか。いつも、あぶないことに突っこんでいく。こんどは石段から落ちて、頭を打ってみろ。どんなことになるかわからないのか」

「そこまで心配していただいてるとは、夢にも思いませんでしたわ」

島の衣装を着たときの誇らしい感じは、すっかり跡形もなかった。

「少なくとも、秘書をなくすことにはなる。せっかく、日記の仕事は申しぶんなくはかどっているのに。どうして、そうまで熱心に孔雀を見たいんだね？」

「島を離れるとき、もっていく思い出のひとつにしたいんです」テンプルは唇が震えているのを隠すために、横を向いた。「でも、もういいんです。あなたが読書をなさりたいことはよくわかりましたたし、わたしは……」

「いや」リックは庭園におりようとするテンプルの前に立ちふさがった。「もし、きみが、そんなに孔雀を見たいのなら、案内しよう。でもね、お嬢さん、この島の美しいものは、どれも、これから百年だって存在し続けるんだよ——もっとも、火山が爆発してすべてを破壊してしまえば別だが。ただ、若さのせいで、きみは何ごとも頭から飛びこんでいくのかい？　それとも、人生がきみに、虹《にじ》はたちまち消えることを、したたかに教えこんだせいかい？」

「虹はたちまち消えますわ、ヘルデンさん。でも、せっかくのご予定を邪魔してまで……」

「でも、そういうことになるじゃないか。羽根を広げた孔雀も虹だからね。この道を行こう。でも、音を立てちゃだめだぞ。孔雀ははずかしがって、求愛のダンスを見せてくれなくなるからね」

金色と炎の色の花々が咲き乱れ、小鳥が歌い、蝉が声をかぎりに鳴く小道を行く。奥深い庭園は、ジャングルのように鬱蒼《うっそう》としている。けれどもテンプルは、昨夜のようにおびえたりせず、絹のスカートをつまんでリックのうしろを注意深く追っていった。

やがて、笹が道を埋めつくすほど生い茂ったところに出る。ふいに孔雀の鋭い鳴き声がひびいた。リックがふりむいて唇に指をあてて見せる。それから、花盛りの木立の陰に身をひそめて、テンプルを手招きする。朝鮮朝顔の花が、花粉をリックの肩にふり注いだ。テンプルはリックの肩から花粉を払い落とすと、そっと体を離した。

「もっと近くに来たまえ」

テンプルはためらう。が、リックに手を引かれるままになった。心臓がどきどきする。リックとふたりきりで、こんなに神秘的な情景に立ち会うのははじめてだった。リックがそっと、枝を横によせる。と、目の前に、雌の孔雀のハーレムのまんなかで誇らしげに頭をもたげている雄の孔雀の姿があった。

孔雀が、また、ひと声鳴いた。とつぜん尾羽根がさっと広がり、茂みのまんなかに虹の色がきらめいている。堂々と前にうしろに歩きながら、はずかしげな小さな雌の孔雀に尾羽根を見せびらかす。金色の羽毛と、尾羽根の扇にくっきりとうきでている大きな目。雄はあまりにも堂々としているのに、小さな雌はあまりにも質素で内気に見える。テンプルは思わずくすりと笑った。

リックの手が、注意をうながすように、テンプルの腰を押さえる。広い肩、くぼみのあるあご、豊かな髪。エネルギーに満ちた、どっしりとした長身の肉体。ふと、テンプルは思う――このような男性に、気も狂うほど愛されるとしたら、どんな感じがするかしら、と。

そう考えたとたん、テンプルはそっとリックから離れていた。こんなところにいるから、こんなことを考えてしまうんだわ！　朝鮮朝顔の強烈な香りと孔雀の求愛の踊りと。ここに来たいと、あれほど願っていたくせに、いまは逃げだしてしまいたい。

「ずいぶん時間がたちましたわ……わたし、アランを待たせたくありませんし……」

「別に、きみのデイトを邪魔する気なんかないよ。でも、ここに来たいといったのは……」

「わたしです。そして孔雀もうっとりするほどすてきです。でも、宮殿まではずいぶんかかるし、それから茶屋に戻って、水着をとってこなくちゃなりませんもの」

リックは一瞬テンプルを見すえたが、すぐ立ちあがって、大股に歩きはじめた。テンプルはロング・スカートの許すかぎり、急いでそのあとを追う。ようやく林をぬけだしたとき、テンプルは内庭の木にもたれて、大きく息をはずませていた。リックはひとことも口をきかない。そして、リックの厳しい表情を見ると、テンプルも口がきけなくなってしまった。

森であまりにも強くリックの存在を意識したために、こわくなってしまったなどと、どうして打ち明けられるだろう？　こんなに男性に心をかき乱されたことは、いままで一度もなかったなどと。ふいにリックがテンプルを見つめる。唇が残酷にねじれていた。

「きみとふたりだけでいると、ぼくが前後のわきまえもなくしてしまいはしないかと、こわがっていたのかね？　昨日の夜、その心配はとり除いてやったはずなのに」

「どんな男性にしろ、わたしの前で、前後のわきまえをなくしてしまうなんてこと、とても考えられませんわ。わたしを求めてくれたのは、ニック・ホーラムだけですけど、それにしても、いい家政婦になる素質があって、たぶん自分の支えにもなってくれるだろうと思ったせいなんですもの。わたしがわたしであるというだけの理由で望まれるなんて考えて、もう一度幻滅を味わうなんてまっぴらですし……」

そのまま、ふたりは、陽光のなかの内庭でにらみあっていた。ふいに、はたはたと音がして何かが光のなかをよぎり、リックの肩にとまる。黄金色の蝶――天国からの使者だった。リックはぴくりとも動かない。テンプルが魅入られたように見守るなかを、ついに蝶はリックの肩を飛びたち、花々のなかに消えていった。

リックの顔に視線を移すと、かすかに青ざめていることがわかる。やはり、リックも、あの迷信を知ってるんだわ――蝶はほんとうに、美しい死者の魂なのかしら?

「不思議だな」リックの目はテンプルのほうを向いていながら、テンプルを見ていなかった。「今日はマルタの誕生日じゃないか」

テンプルの視線にも気づかぬふうで、リックは大股に宮殿へと姿を消してしまう。蝉がいっせいに鳴いて暑い空気を満たす。テンプルもわれにかえって自分の服装に気づく。自分の服に着替えたいと思うのだが、いまは、とても宮殿のなかに入っていく気がしない。もう一度、リックと顔を合わせるくらいなら、このまま茶屋に帰ろう。

ところが、茶屋のベランダにのぼる階段に足をかけたとたんに、テンプルは網戸の陰から自分を見つめている視線に気づく。もちろん、メイだ。顔を会わせても、いつものように無表情だが、テンプルは、敵意と軽蔑が隠れていると思わずにはいられない。ケバヤを着たメイは、花のように優雅なのに、急いで帰ってきた自分のロング・スカートは、だらしなく着くずれているのだから。

「ドクター・キンレイドと泳ぎにいくのよ」

「ドクターからことづてがきてます」

寝室に駆けこもうとしたテンプルは、ふりかえって封筒を受けとる。ことづてを読むにつれて、心が沈みこんでしまう。チーク材の切り出しをしていた人夫頭が事故にあい、飛行機でその島に飛んで、手術をしなければならなくなったらしい――急いで帰ってくるよ、アラン。

「昼食はここでお食べになりますか？」

「お昼？　ああ、そうね。お願いよ、メイ。ドクターは事故があって、飛んでいってしまったの」

「爆音がきこえました。知ってます」

メイの表情が暗く燃え、憎しみをみなぎらせていることがはっきりわかる。テンプルがリックといっしょだったことを知っているのだから、あの爆音をききのがすなんて、きっとリックの腕のなかにいたからだ、そう思いこんでいるにちがいなかった！　実際は、宮殿の庭園のただなかにいたせいで、ききのがしただけなのに。

「簡単でいいのよ、メイ」テンプルはできるだけさりげなくいった。「夕方、涼しくなったら、泳ぎにいくわ」

メイはほっそりとした両手をあわせて、頭をさげる。もう、金の仏像のように、無表情になっていた。そうね、ひとりでも浜辺に行って、なくした指輪を探しましょう。

テンプルは絹のロング・スカートのわきに両手をすべらせる――とつぜん、島はもう魔法の島ではなくなって、不幸の島になってしまったような感じがする。アランが行ってしまったせいで、こんなにも心が沈みこむのかしら？

珊瑚礁の突端に渦巻く霧のなかから、かもめの鳴き声がきこえてくる。磯の岩に高波が砕け、泡立つ浜をかにがあわてて走った。霧のなかから漁船が姿を現し、やがて岬の向こう側に消える。

テンプルは砂に座って、両腕でひざをかかえ、孤独な思いにひたっていた。いま、アランはけが人のそばにいるだろう。リックはきっと書斎で煙草をくゆらせながら、今日が誕生日だった女性の追憶にふけっているのだろう。あの、けっして二度と会えない娘のほかには誰もこの世に存在していないような、今朝のリックのうつろな目を思いだして、テンプルは、また、ぞっとなった。

もの思いを断ち切るように、はね起きて、急いで洞窟に向かう。一歩なかに入ると、薄暗くて涼しかった。岩壁に、砂地に、ちらちらと波の反映がゆらいでいる。

テンプルは時のたつのも忘れて、母の指輪を探していた。波が洞窟に運びこんださまざまの漂流物が砂のなかから現れる。美しい貝殻を見つけては、パンタロンでこすって、子どものようにうっとりと見とれる。いつしか、かもめの鳴き声が断崖の上からきこえ、霧が洞窟の入口まで忍びよっていることにも気づかないで。

指輪は、きっと、ほかで落としたにちがいない。でなければ、永久になくなってしまったのだろう。あの指輪だけが、顔を思いだすことさえできない両親と自分とを結ぶ、たったひとつの形のある品なのに……。

とうとう、テンプルは、がっくりと座りこんでしまった。海の明かりが妙に弱々しいことに気づいて洞窟の入口を見る。海と空と岩に砕ける波が見えるはずなのに、いまはただ、いちめんにまっ白だった。まるで、空がおりてきて、浜辺をすっぽりおおい隠してしまったみたいに。

入口まで駆けだす。幻ではなかった！　霧はふいに濃さを増し、浜辺を完全におおって、テンプルを洞窟に閉じこめてしまったのだった。この冷たい霧のなかをおりていったら、岩場に落ちるか、波に足をさらわれてしまうことになる。もし海に落ちたりしたら、どんなに泳ぎがうまくても、もう二度と、生きて陸地を踏むことはむずかしいだろう。

テンプルは本能的に、安全な洞窟のなかに逃げこむ。潮が満ちてくるのは日没ごろのはずだから、それまでには、たぶん霧も薄れて、帰り道が見えるくらいにはなるだろう。けれども、そのときまでは、ひとりぼっちで過ごさなければならない。

厚い霧のカーテンを見つめながら、リックが自分のことを考えてみてくれるかどうか、自分にたずねてみる。あやしいものだった。しばらくして、テンプルはまた指輪を探すことにする——もう見つかるとは思っていないが、それでも、探していれば霧のことを考えないですむ。岩壁を細い流れが走りはじめ、霧の底から波の音が絶えまなくきこえてくる。テンプルは口笛を吹く。自分を力づけるためだった。薄い着衣をとおして、湿気が肌まで伝わってくる。心細くなって、霧が晴れなかった場合のことを心配する——満潮時でも、潮は洞窟の入口の一メートルばかり下でとまるはずだから、波がむやみに入ってくることはあるまい。けれども、夜をここで過ごすことになると、ひどく冷えこんで……恐ろしく不気味だろう。

立ちあがって、動く気配もない霧を見つめる。肌がすっかり冷たくなっていた。霧のなかでひとりっきりでいると、世界が滅んで、ただひとり生き残った人間みたいな気持になる。

テンプルはランプの光にあふれる宮殿の応接間を、霧を入りこませないカーテンを、漆塗りのポットから注ぐ紅茶のことを考え、たまらなくなって、行ったり来たりしはじめる。不安がしだいに高まっていく——ひとりぼっちで、世界から切り離されて、着ているものといったら薄い夏物で……これで、今夜を生きのびることができたら、幸運というしかないだろう。

そのときだった。暗さをます洞窟で、すっかり弱気になって、足もとに目を落としたテンプルが、何か、ほのかに光るものに気づいたのは。

しゃがんで拾いあげる。驚きの声が唇からもれた。母の指輪だった！　テンプルは、しっかりと指輪を握りしめてささやく。

「わたしの願いをきいてちょうだい――この霧を追い払って、ここから出してくださいな。こんなところにひとりぼっちでいるのはいやよ」

答えるのは、打ちよせる波音ばかり。そして洞窟は、まるで巨大な貝殻のように、いくどもいくども、押しよせる海にこだまをかえす。いまは、風も強まって、霧が容赦なく、洞窟の奥深くまで吹きこんでいた。

テンプルは波音をきくまいと必死だった。指輪をていねいにパンタロンでみがいて、指にはめる。小粒のガーネットに囲まれた真珠が、涙のように光って見える――真珠は不幸を招きよせるって迷信があったけど……。

午前中、海は霧に煙っていた。テンプルが泳いでいるあいだも、霧はずっと漂っていた。だから、茶屋に帰ろうともしないで、ここにぐずぐずしていたのは、他の誰でもない、テンプルの責任だった。

しかも、テンプルがひとりっきりで泳ぎにいったことを知っているのは、メイだけだった。テンプルが帰ってこなくても、メイは誰にも、そのことを知らせようとはしないだろう。まして、リックには、ぜったいに知らせないにきまっている!

長い時間が過ぎ、洞窟は闇に沈んで、深い霧の底から押しよせる波は、まるで獣のうなり声のようにきこえる……そのとき、とつぜん、テンプルは声をきいたと思った——人間の声を、男たちが自分を呼び求める声を。

「テンペル! ミス・レイン……テンペル!」

たいまつが霧のなかでゆれる。ほんものの火が、闇を裂いた。

「テンプル!」よくひびく声が、ひときわ高くきこえてくる。「テンプル、きみはここかい? テンプル!」

「リック!」

思わずそう叫んで、テンプルは洞窟を駆けだし、霧のなかでたいまつがつくる光の輪のなかに飛びこんでいった。手がテンプルをつかむ。荒々しく、乱暴に。ほかの人間に出会えた安心感があまりにも強く、テンプルは広い胸のジャージーのシャツに顔をうずめて、木の葉のように震えていた——もう二度と、リック・ファン・ヘルデンの前で、こんなことはすまいと、固く心に誓ったはずなのに。

「海に落ちたんじゃないかと思ったぞ!」

リックの口調も、テンプルをつかんでいる手と同じに、荒々しかった。リックは海の霧の匂いがする。やっと顔をあげたテンプルは、あたりを見まわす。リックは村から一ダースもの男たちを集めて、自分を探しにきてくれたらしい。島の男たちは白い歯を見せて笑い、やさしくテンプルの肩をたたく。ただひとり、リックの手だけが、怒っていた。

「なんてばかなことをするんだ！　霧が海からやってくるときに、こんな浜辺でぐずぐずしてるなんて！　霧が深くなるってことさえ考えないほど、きみには常識がないのか？」

リックは荒々しくテンプルをゆさぶった。テンプルは歯をがたがたさせながら答える。寒さと、おびえと、無事発見された安心感のいりまじった身震いだった。

「そんなにどならないで。耳がおかしくなっちゃうわ。わたし……とても寒くて……」

リックが男たちのひとりに何か言う。次の瞬間には、もう、テンプルは毛布にすっぽりとくるみこまれていた。リックは、魔法びんから、湯気の立つものをカップに注いでいる。

「さあ、飲みたまえ！」

テンプルはカップを受けとる。熱くて甘い、ウイスキー入りの紅茶だった。渇ききった口にあふれ、喉をいっきにくだり、体のぬくもりをとり戻してくれる。

「どうもありがとう」テンプルはやっと、心もとない微笑をうかべて見せる。「わたし、勇気をだして、洞窟で夜を過ごす覚悟をきめてたんです。でも、どうして……つまり、わたしが霧につかまってるって、おわかりになりましたの？」

「きみがひとりで泳ぎにいくんじゃないかと、ふと思ってね、茶屋をのぞいてみると、案の定じゃないか。きみは実に向こう見ずなたちだからな。きみが霧のなかに飛びだしていって海に落ちたとしても、ぼくは少しも驚かなかっただろうさ」

「わたしだって、そんなに……向こう見ずじゃないつもりです」

テンプルはリックの口調を信じられない思いできいていた。たしかに、気が気でないくらい心配した感情がこもっていたからである。月曜の朝、秘書がいないと、よほど不便なことがあるのかしら？

「ワニタ・タクト？」島の男のひとりが、顔を近づけてきて、悪魔のように歯をむきだしてにっと笑う。「セタン・ミスト・ジャハト」

テンプルは途方にくれてリックを見あげる。まだ心が乱れていて、男が何を言おうとしているのかわからなかったので。

「こわかったか、とたずねてるんだよ。悪魔の霧だ、悪い、とね」

リックは村の男ににやりと笑ってみせると、島のことばで早口に何か言った。男は両手を広げて、しかたがないという身ぶりをする。

「なんておっしゃったの？」

「きみは子どもで、つまらないことはこわがるのに、ほんとうに恐ろしいことは、こわがらないって、言っておいた」

「どうもありがとう！」

「どういたしまして」

「石だって……あなたより同情心がありますわね」

「そのとおり」リックは村人に向かって、やはり村のことばで何か話している。「来たまえ！」

リックが軽々と自分を抱きあげ、リックのラフなセーターが頬に押しつけられたので、テンプルははっと息をのんだ。

「わたし……歩けます」

「毛布にくるまって、よろよろしてる足でかい？」リックはあざけるようにいってのける。

「気になるなら、ぼくをオランダ式の体を支える長枕だと思いたまえ」

濃い霧のなかでたいまつの炎に照らされている、アイ・パッチをつけたリックの顔は、オランダの海賊そっくりだった。まるで霧深い浜辺から、部下を従えた海賊に連れ去られていくような気分だった！

一カ所、道は海にぎりぎりまで近づく。波音が恐ろしいくらいに高まり、テンプルを抱くリックの腕にも力がこもった。濃い霧のなかを、たいまつの行列がゆっくりとうねりながら進む。テンプルは自分の心臓の音に重なるリックの鼓動を、はっきり感じていた。海の風が、笑いさざめく島の男たちの声を運んでくる。

「トゥアーン・ベサール・クアト」だんなさまは力もちだな。

また、力がなくては、どうしようもないところだ。リックはこれから、テンプルを抱いたまま、断崖をのぼろうとしているのだから。

「ここ《イニ》だ！」

先導する男が断崖への登り口を見つけだらしい。

「きっと猫の目をもっているのね」

テンプルはそうつぶやき、自分がねむそうな声をしていることに、自分でもびっくりする。たしかに疲れてはいるけれど、リックに抱かれたまま眠るわけにはいかなかった。

「あの男は猟師だからね。虎の目をもっているのさ」

テンプルは、リックのラフなセーターにそっと頬をよせる。あまりにも多くの傷を負って、この人は優しくふるまうことなど、もう、できなくなってるのね。でも、やっぱり、この人は捜索隊を編成し、濃霧をおかして、険しい断崖をおり、わたしを探しにきてくれたんだわ。けっして、わたしを、たったひとりで、洞窟の冷たい湿った霧の夜に、ほうりだしたりはしなかったんだわ。

テンプルは感謝の気持でいっぱいになり、なんとかそのことを言おうとリックの顔を見あげる。相手は、とたんに、ぴしりと命令した。

「両腕をぼくの首にまわして、しっかりつかまってなきゃ、だめじゃないか！」

テンプルは素直に、言われたとおりにする。いま、霧深い断崖をのぼっていることが、夢のなかのできごとのように思えてくる。頭が重くなって、しょっちゅうリックの肩にぶつかり、ついには、自分がすがりついているがっしりした腕の暖かみのほかには、何ひとつ意識がなくなってしまう……。

明るい光にびっくりして、テンプルは目を覚ます。強い腕が、そっとテンプルを地面におろす。

「はい、だんなさま」ふいに、メイの黒い瞳が、近々と自分をのぞきこんでいることに気づく。

「はい、だんなさま。わたしがベッドにお連れして、温かい飲みものをさしあげます」

「いやよ。わたし、もう、ここにはいたくないの」

思わずことばが唇をもれる。

「じゃ、アランに連れてってくれと頼むんだな。まもなく島に飛んで帰ってくるさ」

冷たく言いすてて、リックは行ってしまう。いたくないのは、この島ではなくて、メイのいる茶屋だと言いたくても、もう手遅れだった。テンプルはふたたび目をつぶる――こんどは、涙をメイに見られたくないためだった。

10

翌週いっぱい、テンプルは暇ができると竹の病院をたずねた。トファンと遊ぶのがとてもおもしろかったからで、助手のクン・ランのほうも、もう起きてもよくなった、いたずらっ子の相手までは手がまわりかねているところだったから、一、二時間だけでもテンプルが相手をしてくれれば大助かりだった。

クン・ランは、酋長の妻の出産はまだで、ドクターも間に合うように、一日も早く帰りたがっていると教えてくれる。

「なにしろ大事件ですからね」クン・ランはまじめな顔で言った。「もし男の子なら、島じゅうの提灯をともして大宴会を開くんです。もちろん、踊りはつきものです。万一、満月の祭りと重なるようなことにでもなれば、あなたにとっても、きっと、一生忘れられない見ものになりますよ」

竜神の踊りの話もでた。竜神とは海の神で、満月の夜に拝礼ともてなしを受ける。その代わり、島民たちは、次の一カ月間、たっぷり海の幸をわけてもらえることになる。ずいぶん激しい舞踊劇で、村いちばんの男の踊り手が竜神を演じるらしい。テンプルに二杯目の茶を注いでいて、クン・ランの表情はわからなかったが、村の娘たちの踊りもあるという。ごく小さいころから練習を重ねているから、娘のひとりなどは、風にそよぐカジュアリーナよりも優雅に踊るそうだ。

お茶を飲み、米の菓子を食べながら、このかなり内気で魅力的なクン・ランが、それほどまでにひかれている娘は誰かしら、とテンプルは考える。蜂蜜という意味の名前、マドゥという、美しい病院の看護婦のことかしら？

けれども、クン・ランはすばやく話題を変えてしまった。明日の夜、村の影絵芝居ワヤンがあるが、見にいきたいか、とたずねる。

「ええ、とっても」

その芝居の伴奏なら、テンプルも何度かきいたことがあった。不思議な魅力のある音楽である。

「ワヤンはいつも、夜遅くはじまります。あなたはここにいらっしゃれますか？　ぼくは八時まで勤務しています」

「立派な仕事ぶりね、クン・ラン」

クン・ランは、ほめことばに、優雅に会釈をかえす。

「でも、だんなさまのような、たいへんな仕事ぶりは無理ですが……」

「ドクター・キンレイドは、たしかに腕もいいし、魅力的なかたね」

「おっしゃるとおりです。だけど」クン・ランの目は微妙に笑っていた。「わたしが言いたいのは、リック・ファン・ヘルデンのことです。まったくの第一人者ですよ。酋長まで頭をさげるほどですから」

テンプルははっとしてクン・ランを見る。またしても、その口調に、かすかな敵意をききとったように思って。

「つまり、あなたを病院に連れてきたのは、ヘルデンさんだってこと？」

「だんなさまの必要とする技術者は、かならずしもこの島では見つかりませんからね。バヤヌラの人びとはいっぷう変わっていて、昔からの生活に満足してるんです。だから、農園で働いている連中の健康のためには、医者の助手を、もっと進んだ土地から雇ってくるしかなかったわけです」

「あなた、この島にいて、幸せじゃないの？」

「幸福とは、一瞬のあいだに消え去るものです。暖かい微笑のあとには、よそよそしい別れがあります」

若いシャム人は、びっくりして目をまるくしているテンプルに一礼すると、仕事に戻った。

「さようなら、ミス・レイン」

「さようなら、クン・ラン」

ちょっとした買い物のために、村をまわって帰ることにする。子どもたちの笑い声。食事をつくる匂い。家事にいそしむ女たちのおしゃべり。どれも、茶屋での生活にはないものだった。村を出たところで、テンプルはもう一度ふりかえった。無意識に口もとがほころび、目にあこがれの影が宿る——ほんとうに幸せな家庭生活を、テンプルは一度も味わったことがなかった……。

テンプルは気をとり直して家路についた。が、いくらも行かないうちに、ぎょっとして立ちどまってしまう——まるで、虎の通り道に出てしまったみたいに。マンゴーの木陰に、長身の男がひとり、ぽつんと突っ立っている。

「やあ」

リックは、のんびりと木の幹にもたれていた。無造作にかきあげた髪。胸の筋肉をあらわに見せるカーキ色のシャツ。相手はテンプルのクリーム色のスリーブレスと、首に巻いた緋《ひ》色のシフォンを見やっていった。

「とても涼しそうだな、お嬢さん。まるで氷につかってたみたいだぞ」

テンプルは返事ができなかった。まるで、テンプルが遊んでいるあいだも、自分は働きづめだったとあてこすられたみたいで。

「今日は暑かったから、泳ぎにいこうと思ってるんだよ——いっしょに来ないか？」

またもや、テンプルは返事ができない。カーキ色のスラックスのポケットに親指を突っこんで微笑している姿には、何か、人をからかっているような雰囲気があった。

「今夜は霧の心配はない。新月が出てるだけさ。きみは月光の下で泳いだことがあるかい?」

そよ風が首に巻いたシフォンを撫でる。さっきまで、ひとりでいるのはさびしいと思っていたのだけれど、リック・ファン・ヘルデンのことは頭にもうかばなかった。まして、リックが自分を探していたなんて。いままでにもまして、リックといっしょにいるのは落ち着かない。まさか「領主の権利《ドロワ・ド・シニョール》」を行使しようと思っているのでは? それとも、宮殿の孤独に耐えかねて、わたしといっしょにいたいと思ったのかしら?

「あの……わたくし、茶屋に戻って水着をとってきませんと……」

「村で腰布《サロン》を借りればいいさ。おいで!」リックはテンプルの手首をつかむ。リックに遅れないためには、小走りに走るしかなかった。一軒の前に立って、名前を呼ぶ。ほっそりとした少年が出てきて、リックとことばを交わす。少年がにっこり笑って家に引っこむと、こんどは女の人が顔を出した。

ふたりの話は、どうやら、こんなふうな内容のものらしい、とテンプルは思う――この家のものはすべて、だんなさまのものですわ。いや、わたしがほしいのはこの人の腰布さ。これから泳ぎにいくんでね。

女の人はいたずらっぽい目でテンプルを見、すぐさま花模様の腰布をもって出てきた。

「わたし、腰布にはこりごりよ！」

「こんどはきみも、もっと用心するだろう？　さあ、この家のものに、この土地のことばで礼を言ってやれよ。とても喜ぶぞ」

「テレマ・カシ・バンジャク」

女の人は優雅に礼をかえす。テンプルは、いつまでもベランダに立って、ふたりを見送っている女の人の視線を感じていた。リックはマンゴーの木の前で立ちどまり、枝にのせてあったかばんをとって、テンプルに向かってにやりと笑ってみせる。

「ワイン一本、キャラウェイの種子入りケーキ、それに、ぼくの水着が入ってる」

「何もかも準備してあったのね？」

「泳ぎ仲間以外はね」

それはそうだろう、とテンプルは思った。まさか、ファン・ヘルデンが、そのために自分を待ち受けていたなんて、想像もできないことだから。

「たとえ、ぼくが衝動的に行動する人間だったとしても、きみはちょっぴりさびしそうに見えたから、やっぱり誘ったと思うよ」

「あなたって、たいていのことには心を動かされないかたかと思ってましたわ、ヘルデンさん。大発見ですわね！」

薄暗い森をよぎって断崖に向かう。枝ではおうむが鳴き、頭の上を手長猿が跳躍する。リックのほうはくつろぐつもりで水泳に誘ったのかもしれないけれど、テンプルのほうはリックといっしょでは、とてものんびりなどできなかった。なぜか、防御を固めてしまう。友情とは、人を孤独にし、自分自身のなかに閉じこめてしまう垣根とか抑制とかをゆるめるところからはじまるものなのに。

リックといっしょでは、テンプルは先ほどと同じに孤独だった。相手にとって、自分は島への訪問者であり、時おり注意を引く使用人にすぎない。女性として見てくれたことなど一度もなかった。まるで、男装していたエグレ号のテンプルの姿を、いまだに見ているかのように。

断崖に出るとふたりは立ちどまった。波の音がきこえ、潮の匂いが鼻をつく。ここからは、熱帯の暗紫色の夜空に輝く星が、ひとつひとつ数えられるほどくっきりと見える。

「信じられないくらい！　あなたは長いことこの土地に住んでらっしゃるけど、それでもきっと、この魔法のような夜景には胸がときめくのでしょうね？」

「魔法がきくのは、目に星を宿した、足のひょろ長い娘たちにたいしてだけさ」

「わたしのことを、とても若いと思いこんでらっしゃるみたいね？」

「きみはとても若いさ、おちびさん……四十歳で、もう老人だという人もある」

「四十にもなってらっしゃらないくせに！」

「かなり近いさ。さあ、行こう。潮が満ちてきたら、またきみを助けにいかなきゃならなくなる」

「わたし、泳ぎには自信があるんです。アルフォードの町にはプールがあって、夏じゅう泳いでいたんですもの。従姉妹たちは水が苦手で、テニスとダンスが専門でしたけど」

「それだけで、みんながどんなふうだったか、はっきり目にうかぶな」険しい断崖の道で、リックは手をさしのべる。「きみは、そんな町に帰っちゃいけない。せっかく、自由を自分のものにしたんじゃないか」

そよ風のなかを、ふたりは砂浜におり立つ。波が岩に砕け、やしの木が波打ちぎわに立ち並んでいる。

「きみの洞窟はあそこさ」リックが指さす。「日曜日に、あそこで何をしてたんだい？まだきいていなかったね」

「指輪を探していたんです。うっかり落としてしまって……どうしても、あきらめられなかったものですから」

「なるほど……じゃあ、腰布に着替えなさい。ぼくはあの岩陰で着替えるから」

洞窟のなかで、テンプルは裸になり、腰布をきっちりと巻きつける。指輪をはずし、こんどはまちがいなく小物入れにしまった。洞窟から出て、波打ちぎわにリックの姿を見つけたとたん、むきだしの肩と、短い腰布のすそから出ているむきだしの脚を意識しないではいられなくなる。

月が明るい。テンプルははだしでリックに歩みよった。リックはまじまじとテンプルの腰布姿を見つめる。

「そんな着方じゃ、水に入ったとたんに、また脱げちまうぞ。左肩で結ぶんだ……おいで。教えてあげよう」

リックの手が触れると、テンプルは反射的に身を引いてしまう。リックの目が険しくなった。

「そんなに悪漢に見えるのか？」

「いいえ……そうじゃなくて……」

「テンプル・レイン。きみは一度、とことんキスされる必要があるな。そうすれば、その意識過剰も直るだろう」

リックがテンプルの肩をぎゅうっとつかむ。テンプルは震えていた。相手がこわくて、力がぬけていくような感じだ。顔が近づいてくる――が、リックはただ、背中で結んだ腰布をほどいて、肩の上で結び直しただけだった。

「さあ、これで、もうはずかしい目に合わなくてすむぞ……島の娘そっくりだな。いや、脚の形はずっとましかな」

「どうもご親切に！」

テンプルはリックの手を逃れて波打ちぎわに走った。荒々しく砕ける波がテンプルを抱きとめ、リックの目から裸を隠してくれる。まっすぐに体をのばし、浮き身をして、藻《も》のように漂う。とてもいい気分だが、同時に危険な感じもあった。なにしろリックがすぐそばを泳いでいて、足に、太ももに、腰にさわるのだから。

「やめてちょうだい！」

テンプルは笑って、リックから逃げる。ふたりは異国の月の下を泳いだ。とうとう息が苦しくなる。リックがテンプルをつかまえ、いっしょに浜に泳いで帰る。手を引かれながら、大波を避けて浜辺に駆けあがった。全身がほてっている。

「ほら、タオルだ！」

リックがタオルをほうってくれる。月光のなかで、リックの濡れた腕がみがきあげた青銅のように光った。腕を、脚をふきながら、テンプルは流木を集めるリックを見守っていた。火をおこすつもりなのね！　流木の青い炎のそばで、ワインを飲み、ケーキを食べるつもりなんだわ……。

たき火から立ちのぼる煙を、テンプルは砂に座って見つめていた。ふたりとも服に着替えていて、リックもさっきほど荒々しい感じはなかった。額に髪がかかったまま、のんびりとくつろいで、月の光をあびている。大きなカップに、赤いワインを注いでテンプルにさしだす。

「ぐいっとあけろよ」

からかうように言って、自分はびんに口をつけてあおった。泳いだあとのワインも、ケーキも、とてもおいしい。三日月が、そよ風にそよぐやしの葉の上にうかんでいる。

「マライ人はね、月は女性だっていうんだ。縄で縛られていて、主人にいつも縄尻を引っぱられているらしい」

「男の人って、相手の女は、自分の縄につないであるって考えたいんでしょ?」

「そうかな? ぼくの考えでは、女は月のように、いともたやすく魔力に導かれて動いていって、男のほうが引きずられていくんだよ――原始的な魅惑のほうへと」

テンプルはたき火を見つめながら、ニックがマルタの魅惑のとりこになったようすを思いうかべる。リックがいまもなお、悲劇の思い出にとらえられたままでいることを。

「ときどき、生きてるのがこわくなることがあるわ。たくさんの過ちを犯して、ときには、その過ちからぬけだせなくなることだってあるんですもの」

「きみはなんの過ちを後悔してるんだい? きみを踏みつけにしたフィアンセから逃げださなければよかったと思ってるの?」

テンプルはちょっぴり赤くなった。ニックにひかれ、ルムバヤでニックとの生活を夢見たことを、ひやかされたように思って。リックは自分のことを、あまりにも若すぎ、経験がなさすぎるから、愛の痛みを全身で感じることなどできるはずがないと、あっさり片づけているらしい。けれども、幻滅もじゅうぶん人を傷つけるものだ。とつぜん、テンプルは、相手を傷つけたくてたまらなくなる。

「誰でも知ってることですわ、あなたのように深刻で、悲劇的で、いつまでも続くロマンスなんて、あったためしはないってことぐらい……あなたは思い出のなかに生きてるのよ、宮殿に青と金の部屋の神殿をつくって、礼拝なさってるんだわ……」

悪意のこもった沈黙がつづく。波の音が異様に高まる。テンプルは走って逃げたいと思う。何か、おそろしい表情が、ゆっくりとリックの顔にうかびあがる。いいすぎたことは、自分でもわかっていた。

リックがワイン・ボトルを砂に立て、ゆっくりと立ちあがり、テンプルのいるたき火のそばに歩みよって、すばやく手をとる。指が折れそうなほど強く。テンプルは引き立てられ、星も月も見えなくなって、世界が消える――あるのはただ、自分の唇の上のリックの唇と、痛いくらい自分を抱きしめているリックの両腕ばかりだった。

容赦なく、リックはテンプルの顔をのけぞらせ、息もつがせず接吻をふり注ぐ。はてしなく長く、残酷なまでに激しく。唇は耳の裏から喉もとにすべり、首のつけ根をやいた。テンプルは、ただ哀願するばかりだ――許して、リック、と……。

とつぜん、リックはテンプルを離すと、額にかかった髪をかきあげる。大きく盛りあがる胸。あごに刻まれた深いくぼみ。テンプルは泣きたかった。

「きみが、こんなことをさせたんだぞ。少しはわかっただろう。いかに慎みが大切かということが。いくらきみが若くて、世の中を知らないからって、思ったままを言っていいことにはならないんだ」

「あなたは、真実に触れられたくないんです！ あなたこそ、していいことと悪いことぐらい、ご存じのはずでしょ！ あなたは、誰も自分のように愛した者はいないと思ってらっしゃる。愛する人の慰めを求めて、まんじりともしないで夜を明かす者はいない、と。わたしは若すぎて、そんな気持がわからないと思ってらっしゃいますけど……」

テンプルは顔をそむけて、泡立つ海を見る。足もとの砂がせりあがってくるような感じだった。ワインの残りをたき火にかけて、リックがたき火を消す音がきこえた。

「さあ、来たまえ！」

いつもの命令口調。テンプルは機械的に、リックのあとについて家路をたどる。森をぬけるときも、テンプルはリックから離れて歩いた。ときには虎が出ることもある森だった。島の家の床がとても高いのも、時おり虎が山からおりてくるせいだという。

とつぜん、広い黒い翼を広げたものがテンプルに向かって飛んでくる。緊張しきっていたテンプルは、おびえて小さな叫びをあげ、両手で顔をおおう。その何かは、テンプルの髪をかすめて、闇に消えた。ふたつの手が肩におかれ、あっさりと言ってのける声がきこえる――ただの、大きな蛾《が》じゃないか。

「さわらないで！」

「ばかなことを言うんじゃない……」

「わたし、自分に我慢ができないの！　若くて、ばかで、あなたがいつもいっしょに住んでらっしゃるものに、我慢できないの！」涙がこぼれそうだった。「あの……あれが蛾なら、いったいこうもりはどんななの？」

「親指よりちっちゃいのだっているさ」いくぶん優しい声だった。「震えなくていい――だって、虎に襲われたんじゃないんだから」

やっと、テンプルは顔から手をおろし、涙のにじむ目で、相手をきっとにらむ。

「一度もこわいと思ったことなんかないんでしょ、リック、森のなかのものなんて？　あなたは虎だってこわくないのよ。なぜだか教えてあげましょうか――あなたには、もう感情ってものがないからよ。誰にたいしても、何も感じないんだわ！」

テンプルはリックのわきをすりぬけて、急ぎ足で茶屋に向かった。ベランダに、提灯の明かりが、ぼうっとにじんでいる。木戸をぬけ、階段をのぼっていくテンプルは、一度もうしろをふりかえらなかった。

11

次の日、テンプルは夜に寺院の前庭で上演される影絵芝居のことを考えながら、タイプに向かった。けれども、たちまち、日記に夢中になる。ポリヤーナが息子の誕生を記しているくだりだった。

「とても明るい瞳の子どもで、お産のあと部屋に入ってきたロウレンスは、とても誇らしげだった。わたしの髪に美しい翡翠のかんざしを差してくれる――東洋の女性と同じに。このかんざしを差している女性は、みんなに向かって、誇らしげに宣言していることになる。わたしには息子がいます、と……」

けれども、やがて日記に次のように書く日がくる。

「いとしいロウレンスもわたしも、こんな恐ろしい打撃に苦しむことになろうとは。ヤンはまだふたつだった。さそりに刺され、若い生命を救うために手当てのかぎりをつくしたのだけれど、苦しみぬいたあげく、わたしたちのもとを去った――生まれてきたときと同じ、美しい、小さな天使のような姿のままで……」

涙のにじむ目を日記からあげて、テンプルは宮殿の庭園を見る。白い衿のついた涼しげなショート・スリーブのドレスを着ているが、眼鏡をかけているせいで、少しきつい感じだ。

テンプルはため息をもらす。なぜ、人生は、こんなに何度も、人びとの勇気を試すのだろう。かわいそうなポリャーナ。あんなに苦しんだあげくに産んだ子どもをなくしてしまうなんて！

しぜんに、いつ子どもが生まれるかもしれないロンタのことを考える。すばらしいけれど、同時に孤独な、女の生涯の試練のとき。男性に呼びさまされた欲望の頂点に、受胎し、満ちたりた日々がはじまるのだけれど。

時計が鳴り、休憩時間を伝える。テンプルは立ちあがって内庭に出、大きな円盤のような葉に白とピンクの花がうかぶ蓮池のそばに座った。ランジが盆を手に現れる。コーヒーと、ココナツ・ケーキと、よく冷えたマンゴーをのせて。

「お嬢さまはマンゴーが好き。だから、おもちしました」

ランジがすばらしい笑顔を向ける。

「ありがとう。蓮の花って、とてもきれいね、ランジ。まるで、大きすぎるお皿にのっけた、人形のカップみたい」

「ピンクと白の花は、秘密を抱いてうかんでる。まるで恋する女のよう」

青いおうむが一羽、すぐそばの枝にとまって、テンプルの盆を見つめている。ケーキを見つけて、そっとテーブルに飛び移った。テンプルはケーキをくずす。

「おやまあ」とランジが言う。もう、男と家庭をもたなければ、白い手で機械をたたいたり、鳥に餌をやったりしていないで――そう言いたげだった。

「感心しないって顔ね、ランジ。こうして、実のならないいちじくは、自分を慰めるのよ」

実のならないいちじくというのは、独身の女性のことを指す島のいいまわしだった。もう二十歳をこえているのだから、島の男たちは、摘みとられることもなく枝でしぼんでいく花だと思っているのかもしれない。

「お嬢さまはジョークがうまい。バヤヌラの娘、誰も自分を愛してくれなかったら、いつも泣いて暮らす」

ランジの足音が宮殿に消える。テンプルはコーヒーを飲み、おうむにケーキのくずを与える……ふと、誰かが自分を見つめているように感じて、あたりを見まわす。が、夜顔の木のあたりに人影はなかった。テンプルの緊張はまだ続いている。リックに会うのはこわかった。もう、痛いくらい抱きしめられたことを、あの唇を、あの肌の潮の匂いを思いださずには、リックの顔を見ることもできない。

ふいにテンプルは立ちあがる。おうむはびっくりして、鳴きながら飛んでいった。急いで宮殿に戻り、日記のなかの昔の人たちに再会する。リックの先祖のポリャーナなら、こわくなかった。島に住む人たちには奇妙に思われたとしても、ポリャーナは同じイギリス人で、イギリス人らしい見方や感じ方をする人だから。

夢中でタイプを打っていると、ランジが小さな盆の上に封をした手紙をのせて入ってきた。いま、村の少年がもってきてくれたという。

「ありがとう、ランジ」

ランジが部屋を出るのを待って、金と銀の細工のある小さなナイフで封を切る。島の人たちは、悪気はないが、子どもみたいに好奇心が強いので。

それはクン・ランからの手紙で、さんざんあやまりの文句を連ね、ワヤンを見にいけなくなったと書いてあった。やむをえない私用ができてしまったらしい。

テンプルはがっかりして、手にしたナイフをいじっていた。ふと、自分ひとりで見にいってていけないわけはないと思いつく。そうだわ、わたしひとりで行こう……。

タイプライターにカバーをかけ、帰り支度をすませたとき、アーチ型の入口に長身の影が現れる。テンプルはたちまち、むちの先が肌をかすめたみたいに、全身をこわばらせる。できることなら、リックとは顔を会わせたくなかったのに。

といって、このまま、奴隷の娘のように、いつまでも目を伏せているわけにもいかない。目をあげると、リックがゆったりと部屋に入ってくるところだった。リックが机に近づくにつれて、テンプルはあとずさりして、机に背中を押しつける。無意識のうちに、手は鋭い刃のきらめくナイフを握りしめていた。

「別に襲いかかりゃしないよ」

リックが皮肉たっぷりの口調で言う。

「あら」テンプルはナイフに目をとめて、びっくりしてとり落とす。「わたし……いつも、これをおもちゃにしてるものですから……」

「おもちゃみたいだが、人を殺すこともできそうだぞ」

リックの褐色の指が、テンプルが見てもらおうときちんとそろえておいた原稿のページを、ぱらぱらとめくる。

「ずいぶんよく働いたんだね、きみは」

「夢中になれる仕事ですから」

「このペースでいくとすれば、まもなく日記のタイプは終わって、いつでも出版社に送れるようになりそうだな。きみは、この島から逃げだしたくて、気もそぞろなのかい?」

「そんなことはありません、気もそぞろだなんて。ここは一日じゅう静かだし、わたし、タイプは速いほうなんです。そのうえ、ポリャーナはすばらしい書き手ですもの。退屈したことなんて、一度もありません」

「日曜日には、きみはここから出ていきたいと言ってたんじゃなかったかな? だから、ぼくは、きみがホーム・シックにかかってると思ったんだが……芝居見物とか、ショッピングとか、同国人同士のおしゃべりだとか……」

「かなりひどい目にあったんですもの」

テンプルは、無理に声をたてて笑った。茶屋に足を踏み入れたとき、いつも感じる奇妙な恐怖感については、やっぱり話せない。どこかほかの場所に住みたいと言ったら、リックは宮殿に移りたいんだなと考えるにきまっている。村には空いている家はないし、病院のバンガローにはクン・ランが住んでいるし——ほかには、アランのバンガローしかないことになる！

「浜辺の洞窟で夜を過ごす羽目になるところを、あぶなく助けてもらったばかりでしたから」

「覚えてるさ」リックは漆塗りのキャビネットに歩みよった。「仕事のあとの一杯をつきあってくれるね？」

断わりたいけれど、そんなことをしたら、忍びよる夕闇のなかにふたりだけでいることで、びくびくしていると思われるのがおちだろう。

「わたしは小さなグラスにして」

リックはテンプルをからかうような目で見ながら、パンチをつくっている。シナモンの匂いに、かすかにライムの香りがまじる。

「よく働いた日には、昔から、植民者のパンチを飲んでいたんだ」

リックが大きなカップを手渡してくれる。オランダ製で、あの独特なデルフト陶器に、風車と、腕いっぱいにチューリップをかかえた、青色の瞳をした娘たちが描いてあった。

「大昔の植民者が、故郷をしのぶよすがにもってきた品物さ。たしかに夢のような情景だが、あのころ、祖国を離れて見知らぬ土地で一旗あげようとした連中は、たいてい夢想家だったからね」

テンプルは香料のよくきいたパンチをすすった。入口の片側に連なるジャスミンが大きな花をいっせいに開いていた。日が谷に沈んだいま、花々は夜に目覚めようとしているところだった。リックもまた自分の夢を追っている、とテンプルは思う。その夢を共に生きることができるのは、死んだマルタひとりだけなんだわ、と。

リックが窓ぎわの棚にいつも飾ってあるまっ赤な木靴を手にとる。年月のために色あせてはいるが、絹のようになめらかな光沢を保っていた。

「木靴を履いてみたいと思ったことはないかい？」

「一、二度は」

「きみの足は小さいね。きみなら、きっと合うと思うよ」

「履いてみろとおっしゃるの？」

「履いてごらん。ぼくも見るのが楽しみなんだ」

テンプルはリックを盗み見る。リックの態度をどうとればいいのか、まるでわからなかった。こんなにすっかり、浜辺で無理やりキスしたことを忘れてしまえるものだろうか？ほんのちょっぴりでも、心がないと言ったことに、腹を立てていてもよさそうなものなのに。

「わたしがここにいなくて、あなたを楽しませてあげることができないときは、あなたは何を楽しみにしていらっしゃるのかしら？　見当もつかないわ」

「ぼくにも、見当がつかないね」

リックは、軽く、からかうように言う。テンプルはしゃがんでサンダルを脱ぎ、まっ赤な木靴に足を入れる。そのとき、例の虎の子が影のようにテンプルのそばに飛びこんできて、じゃれて足の裏をなめる。テンプルは声をたてて笑った。

「もちろん、ペットももってらしたわね、だんなさま」

そのとき、メイの姿がテンプルの心をかすめた。足音もたてずに庭園をぬけてリックのもとへと急ぐ、黒髪にジャスミンの花を差したメイの姿が。

テンプルは立ちあがって、木靴のまま歩こうとして、転びそうになる。思わずリックの左腕をつかんでいた。がっしりとして暖かい、あの腕を。

「これを履いて歩くなんて、ずいぶん足が痛かったでしょうね」

「オランダの田舎には、野良仕事のとき、女たちがまだ木靴を履いている地方があるよ。

きみの足は、都会生活で、すっかりやわになってるらしい」

「アルフォードは、それほど活気に満ちた町じゃないわ――映画館が三つと、劇場がひとつ、中華料理店が一軒に、スーパーが二店あるだけですもの……それに、もう一軒、コイン・ランドリーがありますけど」

頭の上で、長身のリックが穏やかで危険な笑い声をたてる。

「どう努力してみても、ぼくらはいつも火花を散らすことになるようだな、おちびさん」

「わたしだって、あなたがいつも威張ってて、人を笑い者にしようとなさってるなんて、思いたくありませんわ」

テンプルはもう一度木靴で歩こうとする。チーク材の床に木靴が鳴った。とたんに虎の子が足もとにじゃれついて、くるぶしをくわえようとし、テンプルはまた転びそうになって、リックの腕にしがみつく。

「きみも頑固だな」リックの手がテンプルの腰をしめつける。「まさに、イギリス人だよ」

「あなただって、まさにオランダ人でしょ？　まるで石の壁みたいで」

「そう思うかい？」

リックがテンプルを抱きよせる。もしリックが、茶畑の仕事もなくて退屈しているときには、いつでも自由に、自分にキスできるとでも考えているのなら、いっそ死んでしまいたい、とテンプルは思った。

「放してちょうだい！」片手で思いきりリックのあごを押しかえす。「わたし、あなたのかわいい気晴らしの道具じゃありません。指を鳴らせば走りよってくる女奴隷じゃないんですから！」

とたんに、部屋の空気が電気を帯びたように、ぴりぴりと震えはじめる。

「どういう意味だい？」

リックは静かにたずねるが、その口調には鋼鉄の意志がひそんでいるような気がする。同じ意志は、テンプルの腕をつかまえている両手にもこもっていて、いまにも二つ折りにしてほうりだしてしまうのではないかという感じだった。

「おわかりのはずでしょ」リックのあごは岩のようにびくともせず、激しい鼓動が、テンプルの鼓動とまじり合う。「わたし、何も知らない子どもじゃありません……ルムバヤでいやというほど思い知らされたんですもの、男の人は、愛について、女とはまったく別な態度をとるものだってこと」

「愛だって？　人を愛するってことがどんなものか、七つの子どもだって、きみよりは知ってるさ。きみがルムバヤの青年から逃げだしたのは、ただ、プライドを傷つけられたからじゃないか！　きみはきっと、自分の心が誰かのものになりそうな危険を感じとると、いつも逃げだそうとするにちがいない。人に自分の心をささげるってことは、プライドを傷つけられることより、もっとはるかに苦しいものだからね」

「そうでしょうとも、その人が、自分の心を受けとめてくれないとしたら……」

虎の子はふたりの気持などおかまいなしに、うれしそうにふたりの足のあいだを駆けぬけてはじゃれついている。リックは手を放したが、リックの手の重みだけは残っていた。

テンプルが木靴を脱ぎ、サンダルに履きかえたあとまでも。

「わたし、もう、茶屋に帰らなくては」ワヤンをひとりで見にいくことは黙っていた。小物入れをとりあげ、懐中電灯が入っていることをたしかめる。「ほかにご用はございませんわね、ヘルデンさん」

リックは声をあげて笑い、いっきにパンチを飲みほした。

「おやすみなさい、ぼくの秘書さん」

「おやすみなさい」

テンプルは急ぎ足で部屋を出る。ジャスミンの花が肩に触れて、テンプルを強い芳香で包んだ。

寺院の中庭に提灯が幻想的な明かりを投げかける。熱帯樹の木立のあいだから、石の仏像や竜神が見え隠れしていた。不思議な木だ――夜のあいだ、葉はまるくなって露をたくわえ、朝日が差しそめると葉が開いて、まるで雨のように露を降らせるなんて。

やしの葉のうちわでなかば顔を隠しながら、テンプルは人形の影絵がかもしだす魔術のような幻想に見入っていた。すすり泣くような、不思議な笛の音を伴奏に、悪魔の仮装をした主人公が王女に愛を求めている。観衆は静まりかえって、熱心に影絵芝居を見つめている。

空にかかった新月がいっそう神秘的な雰囲気を高める。くっきりとうかびあがる、寺院のゆるやかな屋根の曲線。月光に照らされて上半身だけ夜空にそびえる石の神像。すべてが刺激的で、同時に別の世界のできごとのようだ。

影絵芝居は、散漫なストーリーだが、魅力があった。打ちあげは、深夜におよぶことも珍しくないらしい。テンプルは最後まで見ているつもりはなかった。いくら月が高く、懐中電灯もあるとはいえ、ひとりでたどる家路は、いかにも長いので。

銅鑼《どら》が鳴りひびき、人形の影絵が戦いをはじめたところで、テンプルはワヤンの席をぬけだした。村は静まりかえり、夜にはすだれをおろす家々からは、ごくわずかな明かりがこぼれるばかり。一軒の家の床下から豚が鼻を鳴らす。竹の病院の前にさしかかったとき、人影がひとつ、階段から飛びだしてきて、あやうくテンプルにぶつかりそうになった。

びっくりして懐中電灯をあげる。光の輪のなかに、若い男の途方にくれた顔がうかびあがる。酋長の義弟にあたるハンサムなグンターだった。リックのところでも働いていたから、片言の英語を話すこともわかっている。

「グンターじゃないの、いったいどうしたの？」

「レインさん！　クン・ランを呼びにきた。でも、見つからない。ドクターがいないと、姉のロンタ、死んでしまう……」

「マドゥはどうしたの？」

「子どもが重い病気だ……」

懐中電灯の弱い光でも、グンターの目にうかんだ苦悩は、はっきりとわかる。酋長の家に走って帰ろうとするグンターの腕を、思わずテンプルの手が押さえる。

「わたしにも手伝わせて」

衝動的に、テンプルはそう申し出ていた。とはいえ、出産を手伝うなんて。何も知りはしないのに――しかも、グンターの目にうかぶ恐怖の色を見れば、難産であることはまちがいないのに。

「あなた、看護婦さんか？」

「いいえ。でも女ですもの。きっと役に立つこともあると思うわ」

「じゃあ、来てください！」

グンターはテンプルの手をとると、酋長の家に急いだ。木の支柱の上に草ぶきの家がのっていて、木の階段がベランダに通じている。石油ランプの明かりがもれる竹のすだれをグンターがかかげ、テンプルは家族全員が集まっている細長い部屋に入った。

低いベッドのそばにうずくまっている男と、年老いた女が、もの問いたげな目でテンプルをふりかえった。

グンターが早口に説明している。いったい、グンターがどう言ったのか見当もつかなかったが、酋長はあきらかに、テンプルをクン・ランと同じくらい有能だと思いこんだらしい。ベッドのそばに案内すると、妻をこの苦しみから救ってくれと、訴えるような目でじっと見つめる。

ロンタの顔は汗にまみれていた。長いまつ毛に、上唇に、大粒の汗がうかんでいる。竹で編んだベッドに横たわり、苦痛のあまりベッドをかきむしる。いま、ロンタは、途方にくれた獣のように、大きな目を見開いてテンプルを見ていた。

酋長が何か話しかけ、妻はけなげにほほえみかえす。とたんに、陣痛が体を貫き、ロンタは悲鳴をあげた。

「ンジェリ・イトゥ・ティダク・テルタハン」

酋長の目から涙があふれ、頬を伝った――もし、お前が逝《い》ってしまったら、人生は夜のように暗く閉ざされてしまう。

自分を見つめた酋長の目を、テンプルはけっして忘れないだろう。その目は、酋長がどんなに妻を愛しているか、雄弁に物語っていた。ロンタの苦しみは見ていられない、お願いだから、なんとかしてやってください、と。

本能的に、テンプルは、いますぐお産がはじまるわけではないと見ぬいた。そういえば、アラン・キンレイドも、たしか、ロンタの出産はかなり時間がかかりそうだと言ってたもの。いま、アランがここにいてくれたら、と、テンプルは祈るような気持だった。

「サジャ・レラー」ロンタがつぶやく。とっても疲れたわ、と。

悪い兆候だった。ロンタに闘う意志を失わせてはならない。誰か、力づけてやる人がいなければ。テンプルはグンターをふりかえって、しっかりした声で命令した。

「だんなさまを、ファン・ヘルデンさんを呼んでらっしゃい。さあ、急いで——大急ぎで」

グンターは竹のすだれを音高く鳴らして飛びだしていった。テンプルは老女に、冷たい水を入れた鉢と布をもってきてほしいと、なんとか手まねで伝える。ロンタの顔をふいてあげるのだから、と。酋長はベッドのそばにひざまずいて、妻の顔を見守る以外、何ひとつできそうになかった。ふたたび身を裂くような陣痛に襲われて、ロンタの目には暗い絶望が宿った。

ロンタはまもなく四十歳になる。中年になって子どもが授かるのは神の恩寵《おんちょう》であったが、恐ろしい痛みが気力を奪い、体力を消耗しつくそうとしていた。この苦痛は、子どもに日の光を見せてやれないことのあかしだと考えはじめているようすがうかがえる。

あとからあとからふきだす汗を、テンプルはふきとる。老女は孫《チユチユ》の誕生の祈りを唱えていた。石油ランプの明かりのなかで、血管のういた年老いた手を合わせている老女の姿は、そのまま呪術《じゅじゅつ》の人形のように見える。ランプの油煙が、苦しむ妊婦の汗の匂いといりまじって漂っている。いまはテンプルも、なかば無意識のうちに祈っていた――早くリックが来て、いまにも底をつきかけているロンタの気力に、あの何ものにも負けない気力を注いでくれますように、と。

ついに、外の木の階段をのぼってくる足音がした。大股の、決然とした足どりは、まちがいなくリックのものだ。竹のすだれを押しやって、鴨居に届くほどの長身が現れる。

「こんどは産婆のまねかい？」

リックは怒りのにじむ腹立たしげな声で言う。かすかに、気づかわしげな口調もこもっていたけれど。テンプルは顔だけふりむく。ロンタが苦痛に弓なりになって、テンプルの手を痛いほど握りしめていたからだ。

「助けてあげて！」テンプルはリックに懇願する。

「ほかに誰もいないんです。母と子の生命《いのち》がかかっているんですもの……それに、アランがいないときは、医者の代わりもつとめるって、おっしゃってたでしょ……」

「まあ、落ち着きなさい」

リックはテンプルの肩に手をおいて、酋長に何かことばをかけ、長いあいだ、さぐるように、ロンタを見つめる。

「怠けものの坊主らしいな」口もとに微笑がうかんで消える。「象の子じゃないかな？」

リックを見あげていたロンタの目に、かすかに微笑がにじんだ。あえぎながら答えてくれる。

「バイ・ガジャ」きっと赤ん坊の象ですわ、と。

テンプルは息をのんだ。涙がこみあげてくる。リックと共に、この家に希望と活力がよみがえったことが、はっきりわかる。こんな人は、世界にふたりとはいないわ——けっして!

「テンプル、これからロンタを病院に連れていくよ。病院のベッドのほうが産みやすいからね。グンターにきいたんだが、クン・ランは見つからんし、看護婦は子どもの病気が重くって手が離せないっていうじゃないか。そうなると、ぼくらでなんとか力にならねばならん。もししくじったら、ぼくらふたりとも、善の神トゥハンにおすがりするしかなくなるわけだが」

テンプルはなんのことかわからないままに、リックを見つめる。

「ぼくらはアダトを破ろうとしてるんだよ」リックが重々しくいった。「おきてさ。もしロンタが死に、子どもも生きることができなかったら、責任はぼくらにかかってくる。顔をそむけた神々のせいじゃなくなるんだ」

「リック……」

いまになって、テンプルは自分がしてしまったことの意味がはっきりわかった。アラン・キンレイドさえ手にあまるかもしれない重荷を、リックに背負わせることになってしまった。アランが失敗しても、ドクターが患者にできるだけのことをしたのだから、村人たちは受け入れるだろう——けれど、リックは医者ではない……。

「さあ、山ほど仕事がある！」

リックはグンターに向かって、病院までひと走りして毛布をとってこいと命令する。

「ミス・レイン、きみもグンターといっしょに行って、ロンタのためにベッドの用意をしておいてくれ」

夜の外気は冷たくて快かった。やしの葉を鳴らして風が渡り、村人はベランダに出て、酋長の家から出てきたテンプルとグンターを黙って見守っていた。いま起こりつつあることは、村人にとって、こよなく神聖な行為なのだ。闇の底から、不気味な低い太鼓の音がきこえてくる……。

12

ぱらぱらと屋根を打つ雨――いや、そうではなくて、のぼる朝日の光を受けて熱帯樹の葉が開き、夜のあいだにためた露を降らせる音であった。

そのとき、とつぜん、仮死状態で生まれてきた赤ちゃんの唇から、低い声がもれる。テンプルは息をのんで、もう一度リックが小さな口に息を吹きこむのを見守る。こんどは赤ちゃんがぴくりと動いた。小さな胸がせわしなく盛りあがっては沈み、やがて、規則正しい自然な呼吸をはじめる。

「泣いてくれよ、おちびさん」そっとあやすように言いきかせながら、リックが大きな手で小さな手足を動かす。同時に、もういっぽうの手でビロードのような背中や胸をさすりながら。「さあ、母さんにきこえるように、元気な泣き声をあげてみろ」

テンプルは、血の気のない頬に長いまつ毛をしっかり閉じて、身じろぎもしないロンタをのぞきこむ。もうどんな声もききとれないくらい、ぐったりとして、力がなかった。

「泣くんだ、赤ん坊《バイ》」

リックの呼びかけにこたえるように、ロンタの息子の産声がひびき渡った。これほど愛らしく、ういういしい声があるだろうか。酋長は心臓を刺し貫かれたみたいにはっと体をこわばらせ、ロンタは重たげなまぶたをゆっくりとあげる。大きな黒い瞳には驚きと喜びがあふれる。部屋に差しこむ朝日の影が、赤ちゃんをしっかりと両手で抱くリックの髪にたわむれていた。

「おめでとう」

リックはそっと母親のかたわらに赤ちゃんを寝かせてやる。疲れはてているはずのロンタは、腕をまわしてしっかりと息子を抱き、かすかな微笑をうかべて夫を見あげる。酋長は、ただ大きくうなずくばかりで、ひとことも口がきけない。さっきまでリックをにらみすえていた酋長の年老いた母は、いまは孫に生命の火を吹きこんでくれたリックの手をとって、額に押しいただいている。

「シュクール」まず神に感謝をささげ、それからリックに感謝する。「テレマ・カシ・バンジャク・トゥアーン、テレマ・カシ」

リックも島のことばで老女に答える。おばあさんという意味の「ネネク」ということばを使って。老女はしわだらけの顔いっぱいに笑いをほころばせる。それから、赤ちゃんを見るためにベッドに近づいていった。リックの目がテンプルの目をとらえて、そっと合図を送る。テンプルはリックのあとについて、足音をしのばせて病室を出た。

ふたりはゆっくりと庭を横切り、やしの木の下で立ちどまった。木にもたれて煙草に火をつけると、リックはうまそうに深々と煙を吐きだす。テンプルも両手を広げて伸びをし、全身に暖かな日の光を浴びる。すべてが、今朝は、実にいきいきとしている。色彩も風景も、吸いこむ空気さえも。

「ロンタは立派な男の子を産んだわね」感動に彼女の声はかすれていた。「ほんとに、ありがとう、あなた」

リックは煙草をくゆらせながら、不思議なものを見るように、テンプルを眺めていた。金髪が朝日に輝いている。汗ばんだ乱れ髪だが、リックはすばらしかった。ほかの者ならしりごみする難問をも、やすやすと解決する本能のようなものをそなえているのだから。リックの両手には深い爪跡が残っていた。ロンタが力まかせにしがみついたときにできたものだ——そのとき、ロンタの子どもはふたたび胎動をはじめ、激しいけいれんと苦痛のなかを、この世に生まれ出てきたのだった。

「まちがえるんじゃないぞ、お嬢さん」思いがけず、きびしい口調だった。「ぼくは医者じゃない。だから、こんなドラマは、二度とふたたび経験したくはないね。アランが留守なのに、クン・ランに連絡がとれないようでどうする」

「でも、時間外だったわ。影絵芝居を見に連れてってくれる約束だったんだけど、とつぜん私用ができたからいっしょに行けないって、伝言を届けてよこしたの」

「じゃあ、きみは、ひとりでワヤンを見にいったのか？」

「ええ、でも、おもしろかった……」

「きみには半分もわからなかったはずだがね」

「それでも、とってもすてきだったわよ。帰ろうとしたときは、もうだいぶ遅かったの。途中でばったりグンターと出会って。わたしのほうから言いだしたことなのよ……つまり、何か手伝えることがあるんじゃないかと思って」

「いつもこんなふうに太陽が輝き、こんなふうに有頂天に小鳥がさえずるってわけにはいかないんだぞ。もし……もし最悪の事態になっていたら、どうなることか」

リックは煙草の吸いさしを地面にほうり投げ、いらだたしげに靴のかかとで踏みつぶす。テンプルの心がきゅんと痛んだ。いままで、こんなにいらいらしたリックを見たことは、一度もない。製茶工場の事故も、茶畑で蛇にかまれた者が出たときも、そのほかいろんな事故をあつかい慣れているリックではあったが、難産をあつかったのは、さすがにはじめてのことだったせいだろう。いまになって、テンプルにも、リックがどんなに疲れはてているかがわかった。

「冷たいシャワーを浴びて、ひげを剃って、たっぷり朝食をとりたいね。ちょっと待っててくれ。看護婦に話をしてくるから。いっしょに宮殿に帰って、食事をつきあってくれよ」

リックを待ちながら、テンプルはぼんやりと、朝の仕事にとりかかった村人を眺めていた。家族の布団をふるっては器用にたたみこんでいる女。洗濯ものを頭にのせて、いっせいに川へと向かう女たち。歌をうたいながら、小さな娘に石けんを塗り、バケツのなかに立たせて洗ってやる若い娘。

村じゅうに陽気な雰囲気が漂っている。酋長に息子が生まれたことを、村人はひとり残らず知っているのだった。リックとテンプルが通りかかると、村人はみんな、まっ白な歯を見せて笑いかける。そのなかのひとりが、とつぜんテンプルに駆けよって、果物籠を渡した。バナナ、パパイヤ、そして蓮の実まで入っている。

「ありがとう」とっさのことにびっくりして島のことばが出てこなくて、テンプルは英語で礼を言った。

「どうもありがとう」

「ノナ・ベルントゥン」

女は深々とお辞儀をすると、色あざやかな衣装をひるがえして立ち去った。

「きみはこの村に幸運を運んでくれる、そう言ってるよ」

「わたしが？」テンプルは、金の卵でも入っているみたいに、大事そうに果物籠をかかえ直す。「幸運をもたらす人間と思われるなんて、ほんとにいい気持」

リックがバナナをひとつとって皮をむき、ひもじそうにがつがつ食べた。

「きみの記念の贈りものを分けてもらっても、かまわないかな?」

「当然ですわ、ヘルデンさん。もうひとついかが?」

リックが手を伸ばす。テンプルも蓮の実の皮をむいて、楽園の果物の味を味わう。


その後、ロンタも息子の赤ん坊も、順調だった。週末になると、飛行機の爆音が島の上空にきこえ、テンプルはタイプライターから目をあげて空を見あげた。アランの飛行機が着陸の態勢をとって円を描いている。アランさえ帰ってきてくれれば、危険を脱したロンタも、日に日に元気になっている赤ちゃんも、もう安心……。

夕食をすませて、寝そべって本を読んでいると、茶屋のベランダに足音がきこえた。テンプルは座り直して、急いで髪を撫でつけ、網戸を押して居間に入ってきたアランをにこやかに迎えた。白のざっくりしたズボン。派手なプリントのシャツ。片頬に微笑をうかべて、アランは見るからに上機嫌だった。

「やあ、こんばんは」両手をとって籐で編んだ寝椅子から立ちあがらせ、そのまましっと、テンプルを見つめる。「産婆さんのご感想は?」

「あら、もうおききになったのね?」テンプルも声をたてて笑う。おかしなことに、アランといっしょにいるときのほうが、リックといっしょのときよりずっと気が楽だ。「あれはロンタとヘルデンさんのお手柄よ。わたしはただそばに立って、力づけてただけですもの」

「きっと大奮闘したんだろうね」アランはもう一度上から下までテンプルに目を走らせる。

「とても元気そうだよ、テンプル。ちょっぴり日焼けして、とてもすてきだ」

「イギリスじゃ、けっして日に焼けたりしなかったのに」アランの手から自分の両手を引っこめる。「お飲みものはいかが、ドクター?」

「名前で呼び合うはずだったじゃないか」

アランが穏やかに抗議する。テンプルはあわてて酒びんが並んでいるサイドテーブルに近づいた。ランジがだんなさまからだといって届けてくれたものだった。ライム、ジン、ウイスキー、ソーダ、ラム酒、レモン酒……。

「氷がいるわね」くつろいでいるアランを残して、テンプルは台所に行く。灯油で作動する小さな冷蔵庫から氷をとりだしていると、メイが裏口から帰ってきた。メイは外出先も、相手の男性のことも、一度も口にしたことがないし、テンプルもまた、一度もきかなかった。メイの目が自分を追っていることがわかる。テンプルはテーブルに座ってチーズ・ビスケットのかんを開けた。

「ドクター・キンレイドが一杯飲みにお寄りになったのよ」

「もっと、お料理、運びますか?」

「いいえ、けっこうよ。ドクターは夕食は宮殿でおとりになったと思うわ」

「あら、そうでしたわね」

テンプルは、小さな赤い口に軽蔑したような笑いがうかんでいるのを見あげ、細い黄色の二の腕に、銀のブレスレットがにぶく光っているのに気づく。前には見たことのないブレスレットだった。あきらかに男性からの贈りものだ。

「お嬢さまとドクトル、コーヒーいりますか、あとで?」

テンプルは首をふって居間に急いだ。とっておきの暖かい微笑をアランに向ける。友情にあふれ、屈託もなく、もちろん目にも秘密なんかもっていない人間といっしょにいられて、心からほっとしながら。

「宮殿でお夕食はおとりになったんでしょう?」

「すばらしいやつをね!」アランは草で編んだ敷きものの向こうで両脚をのびのびと伸ばしている。

「リックはまさに典型的なオランダ人だね。すばらしいごちそうさ」

「この飲みものも、わたしが適当に主婦のまねごとができるようにと届けてくださったの。アメリカ人はウイスキーがお好きね?」

「アルコールが入っていさえすれば、何でも好きなのが、アメリカ人さ」そして、もう一度意味ありげな笑いをうかべる。「ウイスキー、レモン、それに氷も、蜂蜜も」

「あいにく蜂蜜はないの」

テンプルはすまして答え、飲みものをまぜ合わせる。自分のグラスにはライム・ジュースを注ぐ。そして籐の寝椅子を避けて、草で編んだ椅子のほうに腰をおろした。

「国際親善のために乾杯」アランはグラスをあげ、満足そうにひとくち飲む。「日記の仕事のほうはどうだい？」

「順調よ、いままでのところは。この前の日曜の急患は、だいじょうぶだったんでしょうね」

「あんなふうに飛んでってしまって悪かったね、テンプル」眉をしかめると、額に深いしわがよった。

「足の切断手術でね。どうもああいうのは苦手だな。ことに相手がたくましい、元気な男の場合にはね。はじめは軽く考えて、二、三日ほうっておいたらしい。ま、そういうわけで、今日までかかってしまった……とにかく、ロンタと息子には会ってきたよ。ふたりとも元気だった。ロンタが言ってたけど、赤ん坊の名前は、なんとダハン・リックなんだってね」

「ええ」微笑をうかべて、テンプルはグラスに目を落とす。「リックはほんとに不思議な人ね。はじめは、冷酷な人かと思ったわ。だって、わたしの婚約破棄の話にちっとも同情してくれないんですもの。でも、わたし、いままで、完全におとなの男性に会ったことがなかったのね。いまはよくわかるの。リックは重大なことにたいしては、深い同情をもてるのよ。ただ、ロマンチックな女の子が抱く幼い恋なんかには、ひとかけらの同情さえ示せないのね」

アランは声をあげて、おうように笑った。

「きみはちょっぴり変わったように見えるよ、テンプル。あいかわらず大きな目をしてるけど、前より、ものごとがちゃんと見えるようになったみたいだ」

「自分でも、なんとなく……誇らしいのね」はしばみ色の大きな瞳にランプの光が映っている。「あなたなら、しょっちゅう感じてらっしゃるでしょうけれど、いつも人の生命を救い、赤ちゃんの誕生に立ち会ってらっしゃるんですもの」

「それが、ぼくの仕事さ……もう一杯いいかな?」

「もちろんよ」

アランが飲みものを手に、立ったまま居間を見渡す。

「ずいぶん住み心地よさそうにしたもんだな。カーテンもクッションも新しいね?　花もちゃんといけてあるし、おきものも少し増えた。すっかり変わったじゃないか……ところで、メイ・フラワーはまだいっしょに住んでるのかい?」

「ええ」テンプルはビスケットの皿を示す。「ご自由に召しあがって、アラン」

「ありがとう」アランはビスケットをひとつつまむと、竹のすだれに目をやった。その向こうはひっそりと静まりかえっている。「たしかに、メイはもの静かな女の子だね」

「まるで影のように、音もさせずに出入りするの」

テンプルは笑って、いらだちそうな神経をごまかした。メイのことや、その謎めいた行動を考えると、いつもきまって神経がさかだってくる。「週末はこちらにいらっしゃるの?」

「ああ、すべて順調にいってるからね。ぼくと飛行機で週末旅行としゃれこまないか、明日、いいだろう?」

「きっと最高の気分ね……はじめての経験よ」

「はじめての経験は好きなのかい?」

小型ラジオのつまみをいじっていたアランは、音楽番組に合わせると、できるだけ音をしぼった。ロマンチックなダンス音楽が静かに部屋に流れ、アランがそれに合わせて、二、三小節口ずさむ。

「きみ自身をとり戻せるよ、こういう音楽をきけば。ふたつのギターをバンジョーのようにかき鳴らしながら、深夜喫茶で恋におちた女の子のことを思って嘆き悲しんでいるらしい……」

テンプルは声をたてて笑ったが、その笑い声も、小さな胸さわぎに変わっていった。アランがグラスをとりあげ、彼女を椅子から立ちあがらせて、両腕のなかに引きよせてしまう。

「いい音楽をむだにするのははずかしいことだよ」

「わたし……ダンスはあまりやったことないの……ごめんなさい」

テンプルが足につまずくので、アランが両腕をぴったりうしろにまわす。

「気を楽にして、ハニー。そんなに緊張してたら、ちっともリズムにのれないだろう？　どうしたんだい？　ぼくがこわいの？」

「なぜ、あなたをこわがらなきゃいけないの？」

「ぼくらはふたりきりだし、それに、きみはぼくの腕のなかにいる。きみがスマートでクールなことくらい、ぼくにもわかってるさ……」

「よして、アラン！」

テンプルが急に顔をそむける。アランの唇が首筋をかすめた。

「きみは魅力的だよ。テンプル。先週はきみのことばかり考えてた。もう一度会えるのを楽しみに待っていたんだよ」

「会うのを楽しみにしてらしたんですって？　だから、わたしがたいていひとりでここにいるってことをご存じで、そのチャンスを利用しにいらしたの？」

テンプルは身をよじって、アランの両腕から逃れようとするが、両手でしっかり腰を抱きかかえられているので、よけいに体を近づけることになってしまう。アランが声をたてて笑った。

「官能的な詩で有名なスウィンバーンっていうイギリスの詩人の作品を読んだことがある？　きっときみのような女の子を頭に描いて書いたにちがいないよ。《なめらかな褐色の肌。男が歯を立てるためにある美しい喉》きみは蜂蜜みたいな肌の、はしばみ色の瞳の、小さな魔女のままでいられるはずがない。考えてみたことがあるだろう？　男たちはみんな、こうしたがってるってことを……」

アランの唇がテンプルの喉をさぐりあてる。アランの激しい息づかいがわかる。ぐっと力を入れて抱きしめられた腰が痛い。

喉をかむアランの激情を冷静に受けとめながら、テンプルは思い起こしていた――月夜の浜辺で、別の男性の腕のなかで感じた、気の遠くなるような、自分自身どうしようもない、あの甘美な陶酔を。

「痛かったかい、テンプル？」アランが大きく息をする。「ぼくらはみんな、こういうことを乗りこえて、はじめて、人生はそれほどきまじめに考える必要はないってことに気づくんだよ。人生は楽しむためにあるんだもの。ぼくは人生の恐ろしく残酷な面をたくさん見てきたからこそ、よくわかるんだけどね」

「楽しむためにあるって、どういうこと？　わたしにとっては、いっしょに泳いだり、音楽をきいたり、散歩をすることなの。つまり、いっしょに生きるってことなのよ。人生の残酷な面をおおい隠すためだけに、情事におぼれるってことじゃないわ。そんなことをしてどうなるの？」

「そんなことをぼくが考えてるとでも思うのかい、テンプル？　情事だって？」

「そうじゃないとしたら、わたしのほうこそびっくりしてしまうわ。だって、わたしがここにひとりでいるからこそ、わたしが相手になりそうだからこそ、あなたは……」

「それこそ、とんでもないまちがいだよ、おこりんぼさん」声をたてて笑いながらテンプルをゆさぶる。「いつごろから、自分のことを愛らしくないなんて思いはじめたんだい？　イギリスにいたころ？　それともルムバヤにやってきて、きみの恋人が嘘をついていたことがわかったときからかい？」

「あなたはお医者さまよ。アラン。心理学者じゃないでしょ！」

「ぼくだって兆候があるかないかってことくらい、じゅうぶん見きわめる知識はもってるさ。男は一時のでき心だけできみを欲しがるって思いこんでるんだろう？　ちがうかい？　ふたりだけになったら、かならずそうするものだって？」

「わたし、ずっと前から知ってるのよ。男の人は実用的なものより装飾的なもののほうが好きだってことくらい。わたしはいつだっておいしいお茶をいれることができるのよ、ドクター。ケーキだってちゃんと焼けますわ……だって、ほかの女の子ときたら、ダンスやお芝居に夢中になってるんですもの。おわかりでしょ。たしかにわたしは、はずかしがり屋だったわ。活発でないだけじゃなく、グラマーでもないし、ブロンドでもないわ。ニックが現れるまで、誰ひとり、わたしを喜ばせようなんて面倒なことは考えてもくれなかったんですもの」

「昔とはちがうんだよ。テンプル。きみはいま、自分の足でちゃんと立っている。活発であったり、グラマーであったり、ブロンドであったりする必要はちっともないし、男の考えをうのみにする必要もない。ぼくを信じろよ。きみはそのままでいいんだ。それに……」アランは苦笑してテンプルを見おろす。「ぼくは頭がいかれるシャンペンは好きじゃないが、心にしみる酒は、いつだって好きだった」

アランってなかなか説得力があるわ。テンプルはためらいがちな、あいまいな微笑をうかべる。それを見てアランもほほえみかえす。テンプルは腕をほどいた。

「柱時計の鳩の鳴き声がきこえたでしょう……」

「帰宅時間というわけかい？」テンプルの両肩に手をおいて、まじまじと顔を見つめる。

「こんな場面で出ていくやつなんてひとりもいやしないよ。でも、テンプル、ひょっとして、きみは……」

「わたし、自分でもわからないのよ、アラン」

テンプルはあとずさりして、長いまつ毛を伏せた。網戸のほうに歩いていくテンプルのあとを追って、アランもベランダに出る。まもなく満月になるだろう。そのとき、祭りの太鼓は谷間にこだまして竜神をもてなし、酋長の息子の誕生を祝うだろう。

「星がこんなに大きくて、こんなに美しいなんて、いままで思ってもみなかったわ」

「瞳のようにまたたいてる」アランがそっとテンプルの頬にさわった。「きみの頬の線は、とっても魅力的だよ、テンプル」

「それも治療のひとつなのね、ドクター?」笑いながら、格子づくりのベランダの手すりにもたれる。「満月の祭りにはこの島にいらっしゃる?」

「ご希望とあらば。もっとも、あちこちにいる患者たちが順調にいってればのことだけど」

「あなたがいなかったら、病人はいったいどうするのかしら」

「たしかに、ぼくは役に立ってると思うよ。でもこの島々を支えている屋台骨は、リックのような男や、例の足を切断した男たちなんだ。彼らがいなかったら、島はまちがいなくジャングルに逆戻りする。そうなったところで、島民たちはちゃんと生きながらえていくだろう。ここにはやしの木があり、果物も芋もあって、海には魚もいるんだから。でも、人間は猿とははっきりちがうもの。そうだろう?」

「ほんとに、リックなら、たいていのことは解決してしまうでしょうね」

テンプルはいつもの穏やかな口調では話せなかった。いっしょに果物を食べながら家路についたあの朝以来、どうしたことかリックは急に冷たくなり、テンプルを遠ざけていたのだから。まるであの難産の一夜をいっしょに過ごしたことを後悔しているみたいに。以前のように、個人的な生活からテンプルを閉めだし、よそよそしい態度をとって、思い知らせようとしているらしい——テンプルはただの秘書で、けっしてリックの生活に必要な人間ではないということを。

「きみはリックとは、何から何までうまくやっていけるとは思ってないだろう、テンプル?」アランが一歩歩みよった。「そのことは、ぼくにとっては都合がいいけれど。なにしろリックには、海賊みたいな荒々しい魅力があるからな。きみだって、ぞっこんまいってしまいかねないもの」

「わたしがねんねだと思ってらっしゃるのね、アラン!」

「ぼくの言いたいことはよくわかってるはずだよ」アランは両手でテンプルの細い腰を抱いた。「飛行機に乗りにおいで、テンプル」

「明日の午後ね」

「おやおや、ずいぶん消極的なお嬢さんだ!」アランの顔がゆっくり近づいてくる。「キスをしてくれないか? 友情のキスならいいだろう?」

テンプルはにっこり笑うと、アランのやせた頬に軽いキスをした。

「ねえ、きみ。ぼくらには、この人生で山ほどやらなきゃいけないことがある。でも、ひとりじゃとてもやれないこともよくわかってる——ぼくの心が読めるかい?」

「本を読むみたいに、はっきりと」

アランは喉の奥でくすくす笑いながら、ベランダの階段をおりていった。「明日、昼食のあとで会おう。おやすみ、ハニー」名残おしそうな口調だった。

「おやすみなさい、ドクター兼心理学者さん」

アランはゆっくり屋敷を横切って、木戸を開けて出ていく。手をふるアランにこたえて、テンプルは木立がアランをのみこむまで見送っていた。

たんぼのある谷間から、騒々しい蛙の鳴き声がきこえてくる。アランって、なんて親切なんでしょう。気のおけない、異性を感じさせない男性だわ。

とつぜん、ベランダの格子の上で何かが這う物音をきいて、テンプルは、はっと体をこわばらせる。全身に鳥肌が立った。急いで網戸を開けて家のなかに入る。美しい島の夜は、ぞっとするほど恐ろしい黒々としたものが、いつも背中合わせにひそんでいる。テンプルはぶるっと身震いをすると、台所へコーヒーをつくりにいった。

ストーブに点火し、やかんをかける。あたりに強い香りが漂っていることに気づく。見まわすと、陶器の花びんに、黄色い花が差してあった。摘みたてのジャスミン。きっと、宮殿の庭園から切ってきたのね。

一時間ほど前、台所に入ってきたメイは、たしかにジャスミンの花を黒髪に差していた。リック・ファン・ヘルデンの庭園から摘んだ、黄色の、香り高いジャスミンの花を。

その夜、ふと目を覚ましたテンプルは、がばっと上半身を起こした。ベッド・カバーが乱れている。さそりが一匹、部屋じゅうを這いまわっていると思ったのは、夢だったのか。テンプルはランプに手を伸ばし、小さく震える手で明かりをともす。部屋が明るくなってようやくほっとする。乱れたベッド・カバーを直す。本能的に、テントのようにベッドをおおっている蚊帳を見あげる。何か黒いものが、ぴったり白い蚊帳に張りついていた。

テンプルは一瞬息をつめ、すばやく蚊帳の外にすべりでる。ベッドから離れ、目をこらして天蓋《てんがい》を見る。たしかに、蚊帳の外側に何かへばりついている。黒っぽくて、形もはっきりしないが、握りしめたこぶしよりも大きくて、じっと動こうともしない。

どうしたらいいかしら？　メイだけは起こしたくなかった。あの傲慢さをおおい隠した微笑は、ますます心をかき乱すだろう。体が震えているのがわかる。ぐったりして、ただなすすべもなく、立ちつくしている自分が腹立たしい。リックだったら、落ち着き払って、あれを蚊帳から振るい落としてすばやく片づけると、またぐっすり眠ってしまうだろう。

テンプルはきっとあごを引いて蚊帳に手を伸ばすと、ゆり動かす。何の変化も起きなかった。こんどは乱暴に天蓋をゆすってみる。とたんにテンプルは息をつめて、うしろに飛びのいた。黒いものが天蓋からベッドの横のマットに落ち、そのまま動かなくなった。

身動きひとつできない。時計の秒針を刻む音だけが大きくきこえる。テンプルはやっと、靴を片手に、用心深く、マットに近づいていった。

蘭の花だ！　大きくて濃い紫色の蘭。脚のように曲がった茎。むきだしのつぼみから伸びている花房。それが、蚊帳を通して見ると、大蜘蛛に見えたのだった……。

テンプルは、やっとの思いで、悪魔のような形の野生の蘭をつまみあげ、水がめにすてる。ほっとして大きなため息をもらした。とたんにテンプルはふたたび体をこわばらせると、ベランダへ通じる板すだれの戸に顔を向けた。

たしかに、何かがすーっと動いた。テンプルは戸を見つめる。体じゅうの神経ではっきりとらえていた――絹のようなまつ毛でおおわれた黒い瞳に笑いをたたえながら、闇のなかにたたずむほっそりとした女の姿を。

紫色の蘭とおなじに、メイもまたジャングル育ちだ。その名のとおり、花のように思う人もあるけれど、テンプルには、蘭のいたずら同様、メイは悪意のかたまり以外の何ものでもない。

いらいらしながらも、決然と戸に歩みよって、大きく開いた。月の光が皓々《こうこう》とベランダを照らしている。その向こうには木立の不気味な影が迫り、蛾と、夜に生きるものたちのつんざくような鳴き声に満ちていた。何者かが部屋の外にいて、長い爪で戸をひっかき、テンプルを目覚めさせたにちがいなかった。

ほっとため息をついてドアを閉める。メイを代えてもらうか、あるいは誰かほかに日記の仕事をする人を探してもらうか、こうなっては、もう、ふたつにひとつしかないわ……。

13

小型飛行機は鳥のように雲間に消え、その雲をぬけると、もう眼下いっぱいに、きらきらと輝く大海原と、点々と散らばるジャワ海の島々があった。

「どれがバヤヌラかしら？」テンプルがアランにたずねる。「いいえ、わたしにあてさせてね！　あの、竜のような、翡翠色の島ね」

「竜だって？」

アランが操縦席からふりむいて、かすかな微笑をうかべる。

「ほら、あの形――端っこがしっぽのように曲がりくねってるでしょ？」

アランは声をたてて笑った。

「ぼくはまた、誰かのことを思いうかべて言ったのかと思ったよ。宮殿での昼食のあいだ、きみはなんだか、もの思いに沈んでたもの……リックと何かあったのかい？」

「いいえ……リックは午前中いなかったわ。ただ、わたし、お願いしたいことがあったのよ。別に急がないんだけど」

「重要なこと?」

「ええ……重要といえば重要なんだけど……」

テンプルは言いよどんで唇をかみしめる。あふれるばかりの陽光を浴びた機内では、昨夜の恐怖などまるで嘘のように思える。

「昨日の夜帰るときには、きみはずいぶんくつろいでいて、とても幸せそうに見えたんだがね。何かあったのかい、テンプル?」

「ええ、メイにはちょっと悪ふざけをするくせがあって、わたしにいたずらをしたの……きっと、わたしがおもしろがると思ったんでしょうけど、なんといっても真夜中でしょ? 茶屋のまわりじゅう、ジャングルのもの音がしてるでしょ? だから、ユーモアの精神が働かなかったのね」

「なんて女の子だ! 何をやったんだ?」

正面を見つめているアランをちょっと見ただけで、テンプルはいつも保護されているような暖かい気持になる。

「毛のいっぱいついた変な形をした蘭の花を、ベッドの蚊帳の上においてたのよ。ばかげているでしょ?」わざと声をあげて笑う。「でもランプの明かりに照らされて、蘭の花がほかのものに見えたってわけ」

「大蜘蛛だろ?」

「ええ。わたし、少し近眼でしょ。でなきゃ、だまされたりしなかったわ」

「眼鏡をかけてるきみも、悪くないよ。若い女の子がせいいっぱい有能に見せようとしてるみたいな、ちょっぴりきつい感じになるけどね」

「眼鏡をかけてきつく見られさえすれば、もうからかわれることもなくなるのに」

「メイはやめさせなくっちゃ、テンプル。でないと、またきみの神経にさわることをやるぞ。ぼくからリックに話そうか？」

「いいえ。勇気をだして、自分で言うわ」

「勇気がいるのかい？」アランが笑いながら大きな声で言う。「ただ、別の小間使いがほしいっていうだけのことじゃないか。メイはいやだといえばすむ」

「そんなに簡単にはいかないわよ！」

「どうして？」

「男の人ったら……なんにもわかってないのね！」はるか下に滝や峡谷が見える。こんもりとした密林の奥地も。「あの島に、あんな未開なところがあるなんて、考えてもみなかったわ。ガソリン切れなんて起こさないでね」

「ジャングルでぼくといっしょに一夜を明かすってのはどうだい？」アランがからかうようにたずねる。「それともそんなことになっても、男とふたりきりで夜を過ごすなんて、できない相談なのかな？」

気のきいた返事をしようとして、テンプルは急にまっ赤になった。汽船でリックといっしょに過ごした夜のことを思いだしてしまって。アランが目ざとく気づいて、好奇心にあふれる目で、赤くなったテンプルを見つめる。

「ぼくとふたりきりのところを想像しただけで、そんなに赤くなるのかい？」

「わたし、そんなに古い女じゃないわ。それに、あなただって、そんなに危険な男性じゃないもの」

「試してみるかい？」

アランが機体を急降下させる。テンプルは思わず息をのんだ。密林の緑が眼前に迫り、機体が巨木をかすめる。アランの笑い声にはかすかな怒りがまじっていた。

「いったい誰のことなんだ、いっしょにいると危険な男っていうのは？」

「もちろん、昔婚約してた男のことよ。ほかに誰がいて？」

そのとき、飛行機が小刻みに上下にゆれ、次の瞬間、アランが握りしめている操縦桿が狂ったようにはねはじめた。密林への急降下は、もう、ゲームではなかった。必死に機首をあげようと闘いながら、アランがふりかえって、両腕で頭をかかえろ、と叫ぶ。

テンプルは言われたように頭を抱く。機体がものすごい風圧に震えるのがはっきりわかった。万華鏡のように思い出がうかんでは消える。ルムバヤのニックに電報を打ち、うきうきとジェット機に乗りこんだ日のこと。ルムバヤを逃げだそうと、男に変装して汽船に飛びのった日のこと。嵐でデッキに投げだされたときの感覚がよみがえる。波が砕け散る音、そして頭上からきこえてきた、あの深い声……。

「やっと……密林をこえたぞ。真下に浜辺がある……」

アランのこわばったしわがれ声がきこえる。

ものすごい衝撃。どすんと大きな音がしたと思ったとたん、みるみる前方が暗くなった。砂が渦を巻いて舞いあがり、窓をおおいつくす。体が急角度に折れ、横倒しになる。

腕に激痛が走った。疾走する飛行機は、浜辺の砂になかば機体を埋めて、ようやくとまった。機体が裂けるのがわかる。とたんにぱっとガソリンの匂いが広がる。

「早く外に出なきゃ……急いで！」かたわらのドアをこじあけようとするアラン。とつぜん強い風が吹きこみ、ドアが大きく開いた。アランがテンプルの腕をつかむ。

「ごめんよ、テンプル。痛くても、我慢してくれ……」

ようやく外に引っぱりだされたテンプルは、なかば引きずられながら、機体から離れる。気がつくと、うつ伏せに投げだされていて、自分の体の上にアランの体がおおいかぶさっていた。轟音がとどろき、一瞬のうちに飛行機は炎に包まれる。ごおっと燃え広がる巨大な火の舌がふたりに向かって伸びてくる。テンプルはもう一度、焼けつく炎の外まで砂浜を引きずられる……。

意識をとり戻したとき、テンプルは木の幹にもたれかかっていた。アランがシャツを細長く切り裂いて、テンプルの左腕にぐるぐる巻きつけている。朦朧《もうろう》とした目で、肘の上部にきっちりと巻かれた布きれを眺める。テンプルのクリーム色のシャツを、いちめんに赤い血が染めている。

「深い傷だよ。テンプル」緊張したアランの声。「かなり縫うことになるな。病院に連れていかなくちゃ……」

「あ……あなたは、だいじょうぶ?」

「われながら、まったく腹が立つよ。いたずらなんかして、きみに深手を負わせて着陸とはね。ぼくだって飛行機を焼いちまったわけだし」

テンプルはまだ黒煙をあげて燃えている飛行機のほうを眺める。

「わたしたち……運がよかったのね。ふたりとも、ともかく、まだ生きてるんですもの、アラン」

「まったくだ」アランがテンプルの額から優しく髪をかきあげる。「気分はどう、ハニー?」

「ちょっと吐き気がするわ」弱々しい微笑をうかべる。「わたし……骨は折れてないんでしょう?」

アランは首をふった。浜辺から断崖の道のほうを見る。大急ぎで崖をおりてくる人びとの姿があった。墜落した音に驚き、立ちのぼる煙を見て、何ごとが起きたのか見きわめようと駆けつけてくれたのだろう。

薄れていく意識と闘いながら、テンプルはおぼろげに気づいていた——アランが立ちあがり、もうひとりの男性の姿が近づいてきたことを。

「飛行機が墜落するところを見たんだよ」深い声が叫んでいる。「浜辺に不時着できたなんて、運がよかったなあ！」

手が自分にさわる。どこにいようと、すぐその人だとわかる人の手だった。

「リック！」

「あぶなく死ぬところだったんだぞ」

厳しい口調だった。目の前の顔は怒りにゆがみ、わずかにおびえていた。テンプルはわっと泣き伏す。こんなときなんですもの、もう少し同情してくれてもよさそうなものなのに。リックったら、ただもう怒るばかり……。

「テンプルには、この崖はとてものぼれないよ」アランの声は優しかった。「ショックと出血で弱ってるからね。なんとか担架のようなものがつくれないかな？」

「担架なんかいらんさ」まだリックは、怒りの爆発をかろうじて抑えているような口調だった。けれども、テンプルを抱きあげた両腕は、力強く、注意深い。「痛くはないだろ？」

テンプルはぐったりとリックの肩に頭をのせる。崖の道を運ばれていくあいだ、意識が波のように、去っては戻る。テンプルはぼんやりと考える——わたしって、リックに抱かれるくせがついてしまったみたい。がっしりした、暖かいリックの肩に頬をうずめ、シャツにしみこんだ強い煙草の匂いをかぐ。次の瞬間、安心したせいで、テンプルは気を失ってしまっていた。

意識がゆっくりと戻ってくる。テンプルは叫び声もあげず、暖かなうねりに包まれて横たわっていた。暖かなうねりは、やがて柔らかなマットに変わり、頭上の青空は、ゆっくりとベッドの蚊帳に変わっていく。日の光が窓の板すだれを通して斜めに差しこみ、大きなすばらしい家具を金色に染めている。

青と金の部屋だった。大きな孔雀の扇が壁にかかっている。右腕の下の絹の肌ざわり。左腕は肘の上から手首近くまですっかり包帯を巻かれていて、動かすとずきずき痛んだ。

墜落事故の記憶がゆっくりよみがえってくる。が、いちばん驚いたことは、自分が青と金の部屋に寝かされていることだった。ただ一度しかこの部屋を見たことはないけれど、細かなところまではっきりと覚えている。青い絹の上掛けのついた花嫁のベッド。窓辺の小さなテーブルの上のガラスの塔の置物。チーク材の床に敷きつめられたインドじゅうたん――リックがマルタのために用意したあの花嫁の部屋だった！

唇が乾く。サイドテーブルに目をやると、水差しとグラスがあった。注意深く上半身を起こして、そろそろと腕を伸ばす。グラスに半分水を注ぎ、いっきに飲みほす。もう一度部屋じゅうを見渡す。目がまるくなった。

前に見たときは、青白い板すだれがすっかりおりていたけれど、いまはいくぶん開いていて、差しこむ日の光で、部屋はひときわ美しい。きらきらと輝く青と金の部屋。おそらくこの青さは、山に衝突した飛行機事故で永遠に閉じてしまったマルタの青い瞳を、いつもリックに思い起こさせたことだろう。

なぜマルタの寝室に寝てるのかしら？　体が弱りきっていて、その謎を解くほど頭が働かない。テンプルはベッドの背に枕を立てかけてよりかかりながら、ようやく、いつもの落ち着きをとり戻す。庭園から小鳥のさえずりがきこえてくる。この部屋には時計がない。時間も、日も、定かではなかった。

日曜日かしら？

腕の包帯を調べる。タイプライターが打てて、仕事にとりかかれるのは、いつのことかしら？　きっと傷は深いのね。いまは大きな絹のパジャマに着替えさせられてるけど、シャツいっぱいに、まっ赤な血が飛び散ってたんですもの。

テンプルは、海岸でリックが見せた怒りの表情を思いうかべる——あのとき、リックは思いだしていたにちがいない。スマトラでおきた、はるかに悲劇的な飛行機事故のことを。いやすことのできない、愛の痛みと、悲しみを。

テンプルは重いまぶたを閉じる。そして、いつのまにか、またうとうとと眠りに落ちた。

ドアの開く音で目が覚める。脈がとても速い。が、アラン・キンレイドがふらっと部屋に入ってくるのを見ると、その心配も消えてしまう。

「やあ、ハニー」ベッドのそばにやってくると、アランはまったく医者らしくない態度でテンプルの頬にキスする。「ぼくのお気に入りの患者さんの具合はどう？」

「すっかり元気よ。わたしのお気に入りのドクターにお目にかかれたんですもの」

「そんなこと言ってくれるな。この愚か者がきみにけがをさせたっていうのに」

「あれは事故よ」アランが手首をとって脈を調べているあいだ、その顔をじっと見つめる。

「わたし、ちゃんと生きてるでしょ？」

「ちょっと速いね。原因はぼくだとうぬぼれていいのかな？」

「わたし眠ってたの。だからびっくりしたのね。アラン、飛行機が燃えてしまって、お仕事のほうはどうなさるの？」

「チャイ王子が気前よく一機提供してくださることになったよ。リックが話をつけてくれた。王子と直接連絡のとれる無線機でね」アランはベッドの端に腰をおろす。「島を統治してもらう人としてリックにいてもらうためなら、チャイ王子にとっては飛行機を提供するくらい、なんでもないことさ。リックみたいなマネージャーは、どこを探しても、この群島にふたりといないことは、じゅうぶん承知してるもの」アランは眉をしかめて、まだ握っていたテンプルの手首に眼を落とした。「ぴくぴくけいれんしてるね、テンプル。これも墜落の後遺症かな？」

「そうでしょうね。どのくらいで腕は治るかしら？　わたし仕事があるでしょ。ご存じのとおり……」

「そのことなら心配しなくていい。きみの腕が、一、二週間は使えないことくらい、リックも承知してるよ」

「でも、早く原稿を完成させたいわ」

「バヤヌラを出ていきたいのかい？」アランは上体を曲げて、テンプルの目をのぞきこむ。

「飛行機のなかで、フィアンセのことを話してたね——テンプル、彼のところに帰るつもりなの？」

「ニックから逃げだしてきてから、わたしも少しはおとなになったわ」テンプルは自分のことばに耳を傾け、そのことばに嘘のないことを確認する。「いまのわたしには、孤独というものが人間をどう変えるかわかるようになったの——ことに男の人をね」

「自己犠牲に酔った馬鹿者だよ、きみは」とつぜん、アランは怒って言った。「そんなことはさせないぞ。あんなやつのために身を投げだすようなまねは、ぜったいにさせないからね」

「ニックをご存じないくせに……」

「どんなタイプのやつか、はっきりわかるさ——熱帯の暮らしにあこがれてるだけのやつなんだよ。熱帯に行きさえすれば、太陽を浴びて一日じゅう寝そべり、どんな命令にも従うハウスボーイを半ダースもてるんじゃないかと思ってね。酒を飲んでは、いかがわしい女をあさる——大物になりたがっている、けちな小物さ。だが、そのために必要な気骨のもちあわせはない。いいかい、考えられるかい。たとえば、リック・ファン・ヘルデンが、片手にウイスキーのびんを、片手に腰布《サロン》をまとった娘を抱いて、半日でも長椅子に寝そべっているところなんて？」

その光景を思い描こうとして、テンプルは微笑して頭をふった。リックはぜったいに自分の仕事をおろそかにはしない。けれども、ほかの男たちと同じに、一日が終わればやはり孤独を慰める必要があった。たそがれが島をおおい、星々が輝きはじめ、ジャスミンがしびれるような芳香を放ちはじめるとき。「誰にもリックほど強い意志はもてないわ。きっと、不幸なできごとがリックを強くしたのね。かけがえのないマルタへの献身が、仕事の情熱になって表れてるの。ここだってマルタの部屋になるはずだったのよ。ほんとうにきれいでしょう？」

アランが大きなベッドに寝ているテンプルをじっと見つめる。

「まるで迷子じゃないか。誰か世話してくれる人がいなくちゃどうしようもない小さな女の子みたいだよ。でも、その役はニックには向いていない——だけど、ぼくだったらやれるよ」

「アラン……」

「ぼくの名前を呼ぶ、その声が好きさ」アランは微笑をうかべてテンプルの頬にさわる。「それに、男物のパジャマを着て、とてもかわいいきみも好きだよ」

そのときドアが開いて、リックが入口に立ったまま、乾いた口調で言った。「ノックをしたんだが、きみたちはふたりとも話に夢中で、きこえなかったらしいね」

リックの顔を見たとたん、テンプルにはアランとの会話をきかれてしまったことがはっきりわかった。青いシャツ、密林用のズボン、ふさふさした金髪の下の黒いアイ・パッチ。何ごとにもびくともしない力強さをみなぎらせた大男――事故のときは、驚いて、あんなに怒った顔を見せたけれど、それも、マルタのことを、マルタを亡くした飛行機事故のことを、けっして忘れていない証拠なんだわ。

「チャイ王子からの伝言を伝えに来たんだ。飛行機は一両日中に島に来る。それにアラン、チャイ王子のポケットは底なしじゃないということを、心にとめておいてもらいたい、と言っておられる」

アランは声をあげて笑った。

「リック、きみなら、石から石油を絞りとることだってできるさ！」

友人と声を合わせて笑うどころか、長身を入口に立ちはだからせてテンプルのほうを見たリックの顔には、むしろ険しい表情がうかんでいた。

「だいぶいいようだね、お嬢さん」

「わたし……ずいぶんよくなりましたわ、おかげさまで」

「それはよかった」例の短い微笑がよぎる。「満月の祭りまでには、ぜひとも元気になってほしい。今夜、男たちは海亀をとりにいき、娘たちは踊りの衣装の準備にかかる。村じゅうで祝う結婚式と並んで、この島の大きな行事だからね」

リックがいつもの形式ばったお辞儀をして、部屋を出ていこうとする。

「あの……」

「なんだね？」

「ここに……ここにわたしをおいてくださったお礼を言いたくて」

「ここに？」リックはゆっくりと美しい部屋を見まわす。「ここは涼しくて、庭園も見渡せる。この部屋にいれば、少しは早く墜落のショックを忘れられるんじゃないか、そう思ってね」

感情のないリックの口調に、テンプルの心もたちまち冷えてしまう。

「ご親切に、ありがとう」

鋭い片目の石像のように、冷ややかに軽く頭をさげるリック。ドアが閉まり、テンプルとアランのあいだにもしばらく気まずい沈黙が流れた。

「リックの心のなかまで見ぬこうとしても、頭が痛くなるだけさ。どちらかといえば、親切にたいして感謝されるのを好まないたちだからね」

「いつ茶屋に戻れるかしら？」

アランが眉間にしわをよせて、テンプルを観察する。

「ここにいるのがいやなのかい？　宮殿のなかでいちばん美しい部屋なのに」

「わたし……ここにいてはいけないのよ」

テンプルは扇形の孔雀の羽根を見る。青と金の羽根がかすかにゆれた。「ここは……マルタの部屋ですもの」

「テンプル、そんな言い方はよせ！」

「ほんとよ、アラン」

つと手を伸ばしてアランの手を握りしめる。暖かい手に触れて安心したいというように。

「いつ起きられるかしら？」

アランは自分の手を握っているテンプルの手を見て、冷静に言った。「握力はかなりのものだな。明日の昼食のあとまで待ちたまえ。そのあいだ、亡霊がいるみたいな、ばかばかしいことは考えるんじゃない。マルタはここからずっと離れたところで亡くなったんだし、一度もこの部屋を使ったことはないんだから」

「わかっています」テンプルは静かに答えた。

マルタはいつもここにいることが、アラン、あなたにはわからないのよ。リックをとりこにしてるのよ。この部屋だけじゃなくて、峡谷にも、海岸にも、孔雀が愛を交わすあの庭園の一角にも、リックがマルタを案内するのを楽しみにしていたあらゆる場所に、マルタは存在しているのよ。

ドアに軽いノックがあって、ランジが盆をもって入ってくる。テンプルには昼食を、アランには伝言をのせて。

「病院からかい？」

「はい。紅茶工場の人、おなか、とても痛い」

「クン・ランが心配してたヘルニア患者だな！　テンプル、残念だが、仕事に戻らなくちゃならないらしい」

「あなたは、親切に感謝されるのを好まないたちじゃないわね、ドクター？」

「きみがよく知ってるじゃないか」アランが意味ありげに答える。「でも、そいつは満月の祭りの日まで、おあずけにしよう。祭りの太鼓の音をきき、異教徒の月明かりのもとで、きみの感謝を味わいたいからね」

アランとランジが行ってしまうと、部屋はひっそりとして、もの音ひとつしない。テンプルは落ち着かなかった。なるべく早く元気になりたくて、無理に昼食を食べる。雑誌と本をもって、盆をさげにきたランジが、にっと金歯を見せて微笑する。

「お嬢さま、すぐよくなる。ほとんどぜんぶ、食べたもの」

「とてもおいしかったわ、ランジ」

「ランジ、幸せ。お嬢さま、死ななかったから――もうひとりの人みたいに」

一瞬、テンプルの心臓がとまった。ランジがお辞儀をして部屋からさがると、テンプルは《亡霊のようにばかばかしいもの》を追い払おうとして、急いで雑誌を開いた。が、広告ばかり目につくので、本をとりかえる。ウォルト・ホイットマンの詩だった。


いざ船びとよ、帆をあげよ、探求の船に。


帆をあげて船出をしたテンプルは、見知らぬ島を見つけた。島の日々には、幸せも、また悲しみもあった。苦しみも、また喜びも。

ルムバヤに、ニックのもとに帰ろうと、ふと思ったのは、わたしの本心だったかしら？

ニックの顔を、最後に交わした会話を思いだそうとするが、何もかも忘れていた。やはりアランの言うとおりだ。ほんとうに愛したことのない男性のもとへ、帰っていくわけにはいかない。

愛から逃げだしたのではなく――いまもなお愛を探し求めているのだった。


いざ船びとよ、帆をあげよ、探求の船に。

テンプルは本を閉じ、目を閉じる。静かで、庭園からも、もの音ひとつきこえてこない。しばらくすると、若い看護婦のマドゥが病院からきて、身だしなみを整えるのを手伝い、腕の包帯をとりかえてくれる。マドゥは、名前のとおり、蜂蜜のような肌をした、優しい声の持ち主だった。この少女が、クン・ランが竹より美しいと言った娘なのかしら?

「満月の祭りには、あなたも踊るの?」

「アジアの女の子なら、たいてい、伝統の踊りはとてもじょうずですよ。でも、バンパレンの病院では、看護婦はとても忙しかったから……」

「都会のにぎわいがなつかしくならないの、マドゥ?」

「バヤヌラのようなところは、世界のどこにもありませんわ」マドゥはそっと言った。絹のベッド・カバーのしわを伸ばしながら。「ここは孔雀宮です。ここを出ていった人たちも、かならず帰ってこないではいられないんですよ」

そのとき、マドゥのことばに呼応するように、宮殿の庭の秘密の場所で、ひと声、孔雀が鳴いた。

14

リネンの白いドレスに、まっ赤なベルトを締めると、テンプルはスカートのプリーツをきれいにそろえながら、壁にかかっている鏡の前に立った。まだ少し顔色がさえないけれど、ずいぶん元気そうに見える。腕を動かしてみても、もう、ほとんど痛みはなかった。

今日、テンプルは宮殿を出るつもりだった。あたりがひっそりと静まりかえり、リックが谷間におりているこの時間に、出ていきたい。パジャマをていねいにたたんで、椅子の上におく。雑誌はまとめて積み重ね、その上に詩の本をのせる。そして最後に、すでに見慣れたこの美しい部屋を、もう一度ゆっくり見まわす。

宮殿じゅうに、寒々とした、よそよそしい空気がしみこんでいる。テンプルは回廊をぬけ、大理石の階段をおりていく。が、途中で立ちどまってみると、両足がかすかに震えているのがわかった。けがをして、何日か、ずっと寝ていたせいだわ——足の震えはしだいにおさまったが、同時に気落ちして、テンプルはがっくりと肩を落とす。

階段のおどり場から窓をのぞく。すべて入口を黄金の太陽に向けた楼閣が、怪異な古代の彫像と泉水のあいだに連なっている。小鳥が身じろぎもせず高い切り妻のひさしに並び、楼閣のかわらには木々がくっきりと影を落とす。

ふいに人影が、タイルを敷きつめた前庭に斜めに映り、背の高い男が木立のあいだから姿を見せると、まるで自分が見られているのを知ったみたいに立ちどまった。テンプルの心臓がどきどき打ちはじめる。テンプルはそっと窓から離れ、そのままじっと立ちつくす。どうか、リックが宮殿に入ってきませんように。しかし、ホールのほうを見おろすと、すでにリックはアーチ型の入口を通ってなかに入り、階段のなかほどの白いドレスに気づいたらしい。

階段の下までやってくると、リックはテンプルを見つめたまま立ちどまった。

「だいじょうぶかい、ひとりでおりてこられるかな？　それとも、ぼくが行っておろしてあげようか？」

リックの落ち着き払った口調は、テンプルの弱りきった足では、走って逃げだしたくてもできないことをよく承知している、と、さりげなく教えているみたいだ。

テンプルは、精緻《せいち》な飾りのある鉄の手すりに片手をのせ、無理に階段をおりていった。近づいてみると、リックの暗い笑いには、はっきりと疲れがにじんでいるのがわかる。

「そんな状態で茶屋に帰るつもりなのか？」

「アランがだいじょうぶだって……」

「彼は医者だがね」

テンプルはちょうど下から三段目の階段までたどりついていた。リックは自分より少し高いテンプルを、からかうように眺めている。

「きみがもう、じっとしてられない気持はわかるよ。きっとこの宮殿が広すぎるせいさ。音がやけに大きくひびくし、きみにはさびしすぎる。もっとも、わたしはもう、慣れっこになってるがね」

それに、ひとりでいることにも、もう慣れっこなのね、とテンプルは心のなかでいった。若い女性が宮殿のタイル張りの床を急ぎ足で行ったりきたりすることも、子どもたちの笑い声が回廊にこだまaすることも、板すだれをおろして閉めきった部屋部屋に息吹を注ぎこむことも、リックは何ひとつ望んではいないのだから。宮殿の部屋と同じに、リックの心は、かたく閉ざされていた。

「きみが帰る前に、渡しておきたいものがある。ロンタ夫妻からのお礼の品だ。ふたりは、きみが幸運をもってきてくれたと信じているんでね」

「わたし……何もそんなものをいただこうなんて……」

テンプルは下唇をかんで、いまにもこぼれそうな涙をこらえた。

「思いがけない贈りものだ。きっと大喜びだよ。来たまえ」

テンプルのけがをしていないほうの腕に手をかけ、リックはホールを横切って、書斎兼喫煙室のサロンに連れていく。部屋には、かすかに、香料入りの煙草の匂いがしみこんでいた。とたんにテンプルは、この二、三日のあいだ忘れようと一生懸命つとめた思い出に、胸をしめつけられる。

このエキゾチックな強い香りは、嵐にゆれ動く船室を、リックに生命を吹きこまれた赤ん坊の元気いっぱいの産声を、黒煙の立ちのぼるアランの飛行機の残骸のそばから連れかえってくれたリックの幅広い肩を、思い起こさせてしまう。

「女の子はプレゼントをもらうのが好きなものだと思ってたがね」

リックの声には、ひやかすような調子があった。テンプルはふいに激しい怒りにかられて、リックを見あげる。

「いったいあなたは、このわたしについて、わたしの好みについて、何をご存じだとおっしゃるの、リック・ファン・ヘルデン？　あなたは、一度でも、わたしのことを、ひとりの人間として考えてくださったことがあって？　いつだってわたしは、ただ、タイプライターの優秀な備品でしかなかったわ」

「そんなことはないさ」リックはおかしそうに声をたてて笑ったが、たしかに相手に傷を負わせたとテンプルは思った。

「タイプライターに向かっているきみはとても優秀だが、タイプライターを一歩離れると、やたらに面倒を起こす小さな子どもと変わらないじゃないか」

「きっと、さぞほっとなさるでしょうね、わたしが永久にあなたのところから出ていく日がきたら」テンプルはリックをにらみつける。「わたし、じっと待ってはいられないんです。あなたから、この寒々とした宮殿から、ここに住みついている亡霊から逃げだせる日がくるのを」

テンプルのことばが、ふたりのあいだに重い沈黙を投げかける。

とつぜん、壁にはりついていたとかげがぴしりと床に頭をたたきつけ、とたんに、金色の蝶が、ふたりのあいだを狂ったように飛び交う。ああ、やめてちょうだい！　テンプルはいまにも叫びだしたかった。くるりと顔をそむけ、テンプルは激しく憎んだ。緑色のとかげを、残酷なことが次々に起こる青い熱帯地方を。

「まだ墜落のときのショックが残っているらしいな」リックは部屋を横切って、漆塗りのキャビネットの前に立ち、戸棚を開ける。「神経がひどく高ぶってる。でも、これを見れば、少しは気も鎮まるんじゃないかい？」

手渡された包みをかすかに震える手で開けて、テンプルは息をのんだ。ロンタ夫妻が贈ってくれたのは、輝く金襴《きんらん》の布地だった。これだけあればドレスがつくれる。しなやかな絹地が、さらさらと水のように手からこぼれた。

「祭りの日のために、新しいドレスがほしいんじゃないかって、ロンタは考えたらしい」リックが布地の端をとりあげ、テンプルの体にあてる。「鬱金《うこん》色――喜びの色なんだよ」

テンプルはくるりと体をまわし、壁の鏡に見入る。青白い肌と黒い髪に映える絹の美しさをしげしげと眺める。ほっそりとした顔。うしろにまとめた髪。優美にまとった絹から竹のように伸びる細い首。そのうしろに背の高いリックが映っていた。自分を眺めているリックの顔からは、しかし何ひとつ読みとることができない。

「とっても豪華ね。でも……いただくわけにいかないわ」

「ドレスをつくらないと、ロンタががっかりするぞ。ロンタはミシンをもっていて、きみが洋服をつくるのを手伝えるって、楽しみに待ってるんだから」

「花嫁さんだったら、もっと似合いそう……」

テンプルははっとことばを切って唇をかむ。いまのことばをのみこんでしまいたかった。

リックはにこりともしない。

「不思議だな。実は、ふつう、花嫁衣装には鬱金色の金襴が使われるものなんだよ。喜びと名誉の象徴としてね」

「わたしを花嫁と誤解する人がなければいいんだけど」テンプルは絹の布をたたみながら軽く言った。

「こんなすてきなものをくださるなんて、ロンタはほんとうに優しいのね。赤ちゃんのダハン・リックも、すくすく大きくなってほしいわ」

「若木のようにね」リックは煙草に火をつけ、香りのいい煙を吐きながら、からかうように言う。「うちに帰る前に、お茶でもどうだい？」

「うちですって？」

テンプルはタマリンドと桜の木立に囲まれた茶屋を思いうかべる。が、うちということばはぴんとこない。茶屋に帰ろうときめたのも、ただマルタの亡霊から逃げだすためだった。メイを代えてほしいと、なんとかリックに頼まなくては……。

「お茶って？」

リックがテンプルのあごの下に指をかけ、顔を仰向かせる。

「イギリス人なら、お茶に誘われて断わる人間はひとりもいないぞ」

「ヘルデンさん……」

「なんだね？」

ちょうどそのとき、花びんにいけた、たわわなジャスミンの花が目についた。メイに抱く恐怖心など、とてもリックに打ち明けるわけにはいかない。リックは、自分がメイに嫉妬していると、とんでもない誤解をしかねない……。

「喉が渇いたわ」なにげなくリックから離れる。「あの蓮池のそばでごちそうになっていいかしら？」

ランジが紅茶とアーモンド・ケーキを運んでくる。緑の大皿のような葉の上に、ぽっかりうかんでいる美しい蓮の花を眺めながら、テンプルは二晩あとに、皓々と島全体を照らす満月のもとでくりひろげられる竜神の踊りのことを考える。

ぞくぞくするほどの興奮が全身を駆けぬける。そうだ。鬱金色のドレスをつくって、満月の祭りを思うぞんぶん楽しもう。島を出ていく自分にとっては、一生に一度の満月の祭りなのだから、最高に着飾って出席しよう。

月の光。孔雀の鳴き声。花輪をつくったり、踊り子たちの黒髪を飾るために摘みとられて、地面に散らばる美しい花弁。

テンプルは鬱金色のドレスをとりだそうと、衣装だんすを開ける。ロンタと知恵をしぼってつくった、単純な形の、豪華なドレスだった。つつましい衿ぐりの上着に、ゆるやかにドレープを出したスカートを組み合わせてある。

「月長石の首飾りをつけましょう」

ひとりごとをつぶやきながら、虫よけのためにくるんでおいたリネンの布をとり除く。とたんに、テンプルは恐怖の叫びをあげた。光沢のある美しいドレスが、まるでリボンのように、細かに引き裂かれて、垂れさがっている。しかも、ナイフで切り刻むだけではあき足らず、茶色の汁までふりかけてあった。テンプルはまっ青になった。大きな茶色のしみからコーヒーの香りが漂ってくることに気づく。メイが村の売店で買ってくるびん詰めのコーヒーの香りだった。

ベッドの上にずたずたのドレスをおき、テンプルは竹のカーテンをいきおいよく払いのけて、台所に向かう。竹のぶつかる音がきこえるだけで、台所にも、居間にも、人影はなかった。急いで引きかえし、メイの部屋に向かう。怒りに心臓が早鐘のように打っていた。

「メイ、いるんでしょ?」

声が震え、握りしめた手に爪がくいこむ。あの娘をつかまえて、どうしてもその口から真実を吐かせなくては……。

テンプルは竹のすだれを払いのけ、部屋のなかをのぞく。空っぽで、いままで使われたこともないみたいに、きれいに片づけてあった。部屋には強い香りがしみこんでいて、テンプルは思わず竹のすだれを握りしめる。ジャスミンの香りだった。

テンプルは自分の寝室に戻り、ずたずたになった金襴のドレスを見つめて、茫然と立ちつくしていた。快い暖かな夜なのに、ぞくぞくと寒気がする。はやくも太鼓と笛の音が、谷間のほうから流れてくる。迎えにくるはずのアランの声がいまにもきこえそうで、テンプルは急いで、少ない洋服のなかから、着られそうなものを探す。この青いドレスなら、なんとか間に合うだろう。この上にインディアン・ショールを優雅にまとえば、赤い房で、少しは祭りの日にふさわしく見えるだろう。

その日の午後、テンプルが腕の包帯をとりかえるために病院へ行っているあいだに、メイが鬱金色のドレスをナイフで切り刻んだにちがいない。メイが赤い唇に微笑をうかべて、縫い目を裂き広げ、絹を切り裂いていく姿がありありとうかび、テンプルは身震いして、神経質にあたりをうかがった。

茶屋は静まりかえっている。夜のしじまに蝉の声がいっそうかしましく、遠くで打ち鳴らす太鼓の鈍い音がひときわ大きくきこえる。テンプルは化粧をすませ、急いでベランダに出ると、ショールを巻いて、アランを待った。

途中までアランを迎えにいきたかったが、灌木《かんぼく》の茂みが月光を浴びて、人間がうずくまっている姿に見える。ごくわずかの音にも、小さな動きにも、体がびくっと震えるほど、テンプルはおびえきっていた。

ようやく木々のあいだに白いジャケットが見える。テンプルはいっきにベランダの階段を駆けおり、庭を横切って、木戸を通りぬけ、両手を広げて待ち受けている腕のなかにとびこんだ。

「リック？」

身震いをして、テンプルは急いであとずさりをする。

「わたし……アランかと思って？」

「がっかりさせたらしいな」リックは冷たい口調でいって、体を離す。「アランは遅れるんだ。茶畑の労働者のひとりに急に手術をすることになってね」

「ああ、そう」テンプルも体を離す。「今日の午後、病院で会ったとき、アランは患者さんのひとりのことをとても気にかけてたわ」

「ずいぶん震えてるじゃないか」懐中電灯の光をテンプルに向けたリックが、はっと息をのむのがわかった。「あの金襴のドレスを着てないじゃないか。理由をきかせてくれないか?」

テンプルはためらって、茶屋のほうをふりかえる。月光を浴びて、茶屋の屋根は、角《つの》のような優雅な曲線を描いている。

「ごいっしょに茶屋までいらしていただけません? お見せしたいものがあるの」リックは黙ってテンプルのあとについて庭を横切り、ベランダの階段をのぼって、茶屋に入る。

「ちょっとお待ちになって」

テンプルはちらとリックを見やってから、竹のすだれをくぐり、切り裂かれた洋服を手に、すぐ戻ってきた。黙ってドレスをリックに見せ、穏やかに言いそえる。

「ドレスを着ようとしたら、こんなふうになってたの」

「驚いたな!」リックはドレスを手にとってじっくり調べる。いかにも、苦々しげな口もと。「いったい誰が、こんなことを?」

「メイだと思うの」

「メイだって?」

「あなたが不思議にお思いになるのも、ごもっともですけど」声が震える。「でも、はじめてじゃないんです、メイがわたしをこわがらせようとして、いろいろなことをするのは……」

「なぜ、いままでだまってた？」

「アランには話しましたわ」

「わかったよ！　きみはこういうことまでアランに打ち明けるんだね……きみにとっては、アランのほうが大切なんだな？　しかし、なぜあの娘はこんないやがらせをして、きみを脅すのかね？」

「わたしをきらいだから……」

「なぜ、そんなにまで？」

「だって、メイはあなたに夢中ですもの」片手でまっ赤なショールの房を握りしめる。

「誰かに夢中になると……あるいは誰かを愛するようになると……不思議なことだけど、ちゃんとものが見えなくなるものなの。メイはこのドレスを見て思ったのよ……なんと思ったか、あなたにもおわかりでしょう？」

「きみこそどう思ったんだ？　あの娘がわたしの……愛人だとでも？」

ひとことも答えられない。茶屋じゅうにジャスミンのむせかえるような芳香があふれている。とつぜんテンプルは逃げだしたくなる。祭りの席へ、優しい友情にあふれたところへ、踊りの席へ、早く行きたかった。そうすれば、何時間かは何もかも忘れていられるだろう。

「さあ、行きましょう。あなたは主賓でしょ。あなたがいないと、お祭りがはじまらないわ」

テンプルはリックをあとに、そそくさと茶屋を出て、木立のあいだを急いだ。レースのように蔓のからまった葉と枝にさえぎられて、月が姿を隠す。夜の花がむせるように香る暖かい闇のなかで、テンプルはリックがすぐ近くにいることを強く意識していた。懐中電灯の明かりが行く手の闇を照らし、ふたりの前後を飛び交う蛍が明滅して、竜神の祭りの夜に、ひときわ神秘の色どりをそえる。

谷間におりる小道にさしかかった。一瞬、ふたりは肩を並べて立ちどまると、祭りのかがり火と提灯の行列を見おろす。いつのまにか激しく打ち鳴らす太鼓の音に包みこまれて、いかにも異教の祭りらしい情景に、テンプルはかすかに原始的な恐怖を味わう。

「来たまえ」リックがテンプルの手をとり、先に立って小道をおりていく。月光がリックの髪を黄金のヘルメットのように照らす。小道をおりきると、村人が走りよってあいさつをし、酋長のかがり火のそばに案内する。

炎がぐらりとゆれて、村人たちの花で飾った腰布《サロン》を、花輪で飾った黒髪を、長い耳飾りと腕輪を、笑いをたたえた瞳を、うかびあがらせる。

ロンタも着飾っている。トパーズのボタンのついた白絹のチュニックに、足首まである、色とりどりの絹のスカート。そして、新しい金と翡翠のかんざしを誇らしげに差していた。ロンタが両手を合わせてお辞儀をする。儀式のときのあいさつだった。酋長は草花をちりばめた主賓用の敷きものに座るようにと、ふたりをうながす。

リックとテンプルが席に着くと、すぐさま酋長が両手をぽんとたたく。祭りをはじめる合図だった。

ほっそりとした少女たちが、料理して木の葉に包んだ、香料入りの肉をさしだす。蒸し焼きにしたさつまいもとかぼちゃの大皿が順ぐりにまわる。かきの殻に入れたご飯。燻製《くんせい》の魚。客にはみがきあげたやしの実の皿がついているが、食べる用具はなくて、指で食べる。テンプルはリックを見習って、ひとくち分の肉をご飯といっしょにまるめて、口にぽんと入れる。ひとくちだけで、テンプルは肉をスパイス・ソースに浸すのはあきらめてしまったけれど、リックは、微笑をうかべたまま、器用にご飯の丸いボールをつくり、どっぷりソースにつけて食べる。

誰もが楽しげに声をあげて笑い、おしゃべりをしながら、食事をしている。たちまちロンタがテンプルに質問する。テンプルは困ったように、助けを求めてリックを見あげ、リックが代わって答える。ロンタはテンプルの頭を軽く撫でながら、さもいとしそうに見やり、大きな花籠に手を伸ばして、芯《しん》が金色の、ぼたんのように大きな花を一輪とった。その花をテンプルの髪に差し、もう一度にっこり笑うと、ふたたび食事をはじめる。テンプルはちょっと不思議そうな表情でリックを見る。

「ロンタはドレスのことをきいたんでしょう、リック？　なんておっしゃったの？」

リックはテンプルの髪の花を見やる。

「指でものを食べるのに慣れてないから、食べものをこぼして洋服を台無しにしたくなかったからって答えておいた」

「そう」テンプルはひざの上の熱い皿に眼を落とす。「ほんとのことを黙っててくださって、よかったわ」

「今夜は現実のことは何もかも忘れて、この幻想的な祭りを楽しもう。さあ、ごちそうを食べなさい。とてもおいしいだろう？」

「ええ」

テンプルはにっこり笑って蒸し焼きのさつまいもをかじる。煙とスパイスと花の強い香りを吸いこむ。米からつくった酒がみがきあげたココナツの殻に入れられて順々にまわされる。テンプルはちょっと酔ったが、それで緊張がほぐれる。

リックは酋長と話しこんでいる。テンプルはあたりを見まわしてアランを探す。どこにもアランの姿は見あたらない。メイの姿も、ただの一度も見かけなかった。けれど、あの娘が群集にまぎれて、どこか、この場にいて、あの目尻のつりあがった黒い目で、テンプルのそばに座っている男を、かがり火に照らされた金髪を、幅広いたくましい肩を、じっと見つめていることは本能的にわかった。

リックはメイになんと言うのだろう？　花のような娘が、これほど嫉妬の激情を示したことに、ショックを受けただろうか？　少しは心が乱れたんじゃないかしら？

テンプルはなにげなくリックを盗み見て、顔色を読もうとするが、アイ・パッチをしたほうの横顔しか見えなくて、心のなかまではとてもわからなかった。むしろ、目の前の食べものを、親しい仲間たちを、そしてこの夜の催しを、心から楽しんでいるように見える。

食事のあいだずっと続いていた音楽が、そのとき、急に、激しい太鼓の連打に変わった。ぱっと通路が開いて、かがり火の輪のなかに、男たちが走り出る。黒々と光る肌をさざ波のように波打たせながら、男たちは神輿《みこし》をおろす。神輿には、ほとんど実物大の色あざやかな仏塔がそびえ、戸口の上には、夜光塗料で塗った目をもつ竜神が描いてあった。

男たちは仏塔をおくと引きさがる。原始的な弦の音が、太鼓のビートにとって代わる。誰ひとり身じろぎする者もいない。みんなの眼が竜神の仏塔に釘づけになっている――とつぜん、その戸がばたんと開いて、きらきらと輝く緑の衣装を身にまとった踊り手が飛びだす。

竜王だった。獰猛《どうもう》な仮面のぞっとするような恐ろしさに、見物の女たちははっと息をのむ。テンプルも思わずかたずをのんだ。リックがおもしろそうにテンプルを見る。

「これはデュエットの踊りでね、まもなく若い女性の踊り子が出てきて、いっしょに踊るんだよ――彼女は犠牲《いけにえ》を象徴している」

「わくわくするわ。こんなにすばらしいとは夢にも思いませんでした」

男性の踊り手は驚くほどしなやかに肢体をくねらせ、こみ入った頭の動きで大蛇の印象を再現する。犠牲をささげぬかぎり、竜神は行く手の船も人も、すべてのみこんでしまうのである。

少女の一群がかがり火の明かりの輪のなかに駆けこんで、魚の籠や果物の籠をおき、竜神に花輪を投げるが、それくらいで竜神はなだめられはしない。獲物を求めてなおもさまよい、鋭い爪をきらめかせ、いまにも口から炎を吹きだすかと見えた。

とつぜん、カスタネットのカチカチという音がひびき、銅鑼《どら》がジャーンと鳴り渡って、ふたたび黒光りする男たちが、こんどは、ほっそりとした少女をひとりかついで、かがり火の輪のなかに走りでる。男たちはそっと少女をおろす。彫像のように、少女は身動きひとつせず、立ちつくす。衣装は、水面のようにちらちらと炎に映え、頭上の冠にちりばめられた小さな星々も恐ろしげに震え、少女の華奢な体は、花の茎のように、いまにも折れそうに見える。

テンプルはもう、踊り子から目を離すことができない……あのほっそりと優雅な肢体は、メイ以外の誰でもなかった。少女が腕や手を動かしはじめた。この繊細な体の動きも、やはり、メイ以外には考えられない。長い金属の爪がかがり火にきらめき、まるで東洋の神像が生命をえて動きはじめたように見える。

観客は静まりかえり、音楽以外のもの音は何ひとつしない。皓々と照り輝く大きな金色の満月のもと、動くものはただふたりの踊り手だけだ。

テンプルの鼓動も、しだいに速くなっていく。花の香りは強すぎて、息づまるほどだった。恐ろしい爪の動きのひとつひとつを目で追いかける——テンプルははっきり感じとっていた。金属の爪が鬱金色の金襴のドレスを引き裂く音を。メイ・フラワーがドレスを破るのに使ったのは、ほかでもない、あの金属の爪であることを。

いま、メイは、踊りながら、まっすぐテンプルを見つめている。ぎらぎら輝く目。鋭い金属の爪。だが、誰ひとり、それが憎しみゆえとは気づいていない。観客はただ、うっとりと踊りに酔いしれて座っている。竜神がついに美女に打ち負かされ、仮面をとる瞬間を、かたずをのんで待ちかまえているのだった。

寺院の神像のように、竜神と犠牲の美女が向き合っている。たがいに顔と顔を見合わせて。カチカチと鳴りひびくカスタネットや、震えるような笛や太鼓の音が、しだいに激しさを増し、耐えがたいまでに高まる——とつぜん、きらめく爪が宙をきって、竜神に襲いかかり、仮面を切り裂く。

テンプルははっと息をのんだ——ハンサムなクン・ランの顔が現れる。汗の粒を輝かせて、かがり火に照らしだされた黒褐色の仮面のような顔。クン・ランがメイのほうに手を伸ばす。こんどは、美女が打ち負かされる番だった。かまきりのように奇妙な動きをくりかえしながら、体をくねらせて、メイはあとずさりする。クン・ランが前に進む。激しく打ち鳴らす太鼓の音だけがひびき渡る。クン・ランがもう一度前進し、次の瞬間には、小刻みに震える細い体をしっかりつかまえていた。テンプルとリックが座っている席から、わずか二メートルも離れていないところで。クン・ランの目に、勝ち誇った歓喜の色が、はっきりとうかんでいる。

そのとき、何かが閃光のようにきらめき、とつぜんメイはクン・ランの手から身をよじって離れると、くるりとテンプルのほうに向き直った。メイは、翼があるみたいに、軽々と身をひるがえし、冷たい金属の爪にかがり火の明かりを映しながら、まっすぐテンプルに近づく——きらきらと雌の虎のように爪をといで、飛びかかってテンプルを八つ裂きに引き裂こうと、両手をかまえながら。

まるで悪夢を見ているように、テンプルは目を大きく見開いたまま、身をかわすこともできず、ただ、体をこわばらせていた。メイの両手がふりおろされる。その瞬間、リックが体ごとテンプルにおおいかぶさる。金属の爪がひらめき、リックのジャケットをばりばりと裂いた。

一瞬のちには、あたりは手がつけられないほど騒然とざわめきたった。テンプルは夢中で夜の闇のなかに逃げだしていた。気がついてみると、夢のなかの人物のように、ただひとり海辺を歩いている。静かな月の明かり。ささやきかける波の音。

テンプルは立ちどまって、銀色の海にじっと見入る。しだいに緊張がとけ、気持が落ち着いてくる。ふたたび、テンプルは砂浜沿いに歩きはじめる。まっ赤なショールに身を包んで、ひとりぼっちで。

不思議な、美しい島、バヤヌラ。数知れぬ星が輝く下で、なおも激しい情熱が燃えあがる島だった。テンプルは、自分を襲おうとしたメイを、憎みきれなかった。ただ、哀れでしかたがない。メイも哀れだし、メイを竹よりも優雅だと言ったクン・ランも哀れだった。

やしの林と竹林が、さやさやと波立ち、柔らかな、快い、そよ風を送ってくる。やしの木の下で立ちどまり、幹によりかかる。海があまりにも近く、きこえるのは、ただ、打ちかえす波の音ばかりだ――ふいに、本能的にふりかえって、テンプルは、波打ちぎわに沿って近づいてくる背の高い姿を見つける。ここでリックと出会うことを、心のどこかで待ち望んでいたのだろうか。

「ここにいることが、どうしておわかりになったの？」

近づいてくるリックにたずねる。

「そりゃあ、わかるさ」テンプルを見おろしながら、目の前に、背の高いリックが立っている。「だいじょうぶかい？」

「ええ」テンプルは海を眺める。波のうねりが、鼓動とひとつにとけあっている。「メイをどうなさるおつもり？」

「故郷《くに》に帰すしかあるまい」

「かわいそうなメイ！」

「あんなことがあったあとでも、きみはそう思うのかい？　きみを傷つけて、ふた目と見られぬ醜い顔にしようとしたんだよ！」

「メイはいま、どこにいるの？」

「アランのところだ」

「それで、あなたがここにいらしたわけね。アランはメイの面倒を見るので忙しいものだから」

「アランに言わせると、ここにくるのは時間のむだだそうだよ」

両手がテンプルの肩におかれる。この上なく優しい仕草で、しかし、ちょっぴり脅しもこめて。もし、テンプルがまた逃げだそうとするなら、しっかりつかまえてしまうぞ、というように。「きみはルムバヤに帰るつもりだとアランが言っていたが……ほんとうなのか？」

「ええ……いいえ……」

「ほんとうは、どっちなんだ？」

テンプルはリックを見あげる。月光がふたりの顔をくっきりと照らしだしていた。

「お願い。わたしを苦しめないで……今晩は、もう、じゅうぶん痛めつけられたんですもの……もし、出ていきたかったら、出ていくだけのことよ。そんなこと、どうして気になさるの？」

リックはそっとテンプルを抱きよせる。もの音はすべてかき消え、テンプルの心臓の音だけが高い。リックがぐっとテンプルの両肩をつかむのがわかる。全身の力がぬけて、テンプルは目を閉じて、ふらっと前にもたれかかる。いっそのこと、リックが荒々しい獣のようになってくれればいい！　だからといって、どうだっていうの？　わたしはまもなくここから出ていくのだから。それに、もうこれ以上、傷つくことは何もありはしないのだから。

「島の人間がどう言ってるか、知ってるかい？」

「リック……お願い……」

「三年たって、もう悲しみに打ちひしがれることがなければ、心の傷はいやされているんだって。いとしい人、きみがこの島を出ていってしまったら、このぼくの心の痛みは三年……いや、三十年のあいだ、消えないだろう」

「わたしのために？」テンプルはつぶやく。「わたしのために、あなたの心が痛むんですって？」

「そう、きみのためにだ。いとしい人」

リックの愛――愛は、テンプルの心の奥底にこそ渦巻いていた。その愛はいま、苦しいほどの痛みをともなって、わきあがってくる。

「わたし……いろんなことを考えたわ。でも、こんなことって、一度も、夢にも思ってみなかったわ、リック」テンプルはいとしそうにリックの顔を指でなぞる。乱れた髪を、自分をかばってくれた、たくましい肩を。「あなたに愛されてたなんてどうしてわかるの？　あなたは、いつだって、わたしを遠ざけてらっしゃるみたいだったのに。わたしがどうして、あなたを愛せたと思う？　あなたはいつも、亡くしたかたばかり追い求めてらっしゃるみたいだったのに」

「アランの飛行機が墜落したとき、ぼくはもう一度、あの恐ろしいほどの苦痛を味わったんだよ。いや、それよりもはるかに深い苦痛を味わったんだよ。だって、何もかも実体をそなえた現実だったんだからね。夢のようなマルタとのこととはちがう。マルタは、こわれやすくて、美しく、宝物のようにそっとしまっておかなくちゃいけない……優しい心をもち、すすんでわたしを助けてくれる伴侶《はんりょ》には、とてもなれなかったろう。マルタには、一生懸命仕事に励む女性の手もなかったし、男の子に変装して見知らぬオランダ人と船室を共にするような途方もない神経ももっていなかったからね……」リックがひやかすように言う。

「きみが思ってたように、あのとき、ぼくが海賊のような行動に出ていたら、いったいきみはどうするつもりだったんだい？」

「わたし……わからないわ」テンプルは息もつけないほど笑いころげ、顔をリックにうずめて、なつかしい煙草の強い香りを吸いこむ。「わたし、何がなんだかわからないほど興奮してるの、リック。もうすぐ目が覚めて、すべては夢だったということになるのかしら？」

「これが夢かい、スイート・ハート？」

リックは両手でテンプルを引きよせ、ぴったりと抱きしめる。両腕のぬくもりに心が震える。夢にしては、あまりにもすばらしい実感があった。くちづけをするリックの唇は、しだいに激しく燃えあがって、ついには狂ったようにテンプルの唇をむさぼる――永遠に変わることのない契《ちぎ》り。

髪に差した花が落ち、波に誘われ、その花と共に、メイに抱いた疑いも、宮殿の庭園から摘みとって髪に差していたジャスミンの花にまつわる疑惑も、すべて波間に消えていった。リックにたいしてメイが抱いた狂おしい思いは、けっして報われなかったからこそ、メイはテンプルへの憎しみをつのらせてしまったのだから。おそらく、メイだけが感づいていたにちがいない――このイギリスからやってきた娘が、ふたたびリックに愛の火をともすだろうことを。

テンプルは満ちたりたため息をもらし、リックの肩に頭をもたせかける。ふたりは抱きあったまま、いつまでも、バヤヌラの海辺に立ちつくしていた――この島から、もはやテンプルは船出をすることはないだろう。テンプルはこの島にとどまり、愛するリック・ファン・ヘルデンと、愛のドラマを、共に生きていくのだから。

●本書は、1980年4月に小社より刊行された作品を文庫化したものです。

孔雀宮のロマンス

2024年11月15日発行　第1刷

著　　者／ヴァイオレット・ウィンズピア

訳　　者／安引まゆみ（あびき　まゆみ）

発 行 人／鈴木幸辰

発 行 所／株式会社ハーパーコリンズ・ジャパン
東京都千代田区大手町1-5-1
電話／04-2951-2000（注文）
0570-008091（読者サービス係）

印刷・製本／中央精版印刷株式会社

表紙写真／© Victoriaandreas | Dreamstime.com

ISBN978-4-596-71707-8